당신이 병원과 친해질 수 있다면

박현주 지음

당신이 병원과 친해질 수 있다면

펴 낸 날 2025년 3월 13일 초판 1쇄

지 은 이 박현주
펴 낸 이 박지민, 박종천
편   집 김정웅, 김현호, 민영신
책임편집 윤서주
디 자 인 롬디
책임미술 웨스트윤
마 케 팅 이경미, 박지환

펴 낸 곳 모모북스
         경기도 파주시 지목로89~37(신촌로 88~2)3동1층
         전화 010-5297-8303 팩스 02-6013-8303
         등록번호 2019년 03월 21일 제2019-000010호
         e-mail pj1419@naver.com

• 책값은 뒤표지에 있습니다.
• 잘못된 책은 구매하신 곳에서 교환해드립니다.
• 모모북스에서는 여러분의 소중한 원고를 기다립니다.
  투고처: momo14books@naver.com

당신이 병원과
친해질 수 있다면

박현주 지음

모모
북스

(목 차)

2장

앞만 보고 달렸습니다

4장

결국엔 사람

부록

질병 기초 상식 및 처치법

~~~~~~

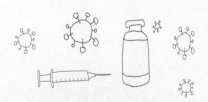

전국에 계신 모든 간호조무사님을

응원합니다!

~~~~~~

병원 일을 막 시작했을 무렵 친구가 물었습니다.

"너는 언제 가장 행복해?"

그때는 1초의 망설임 없이 "지금"이라고 대답했던 것 같아요. 대학교에 너무 가고 싶었지만 안 될 거 뻔히 보이는 가정 형편을 뒤로하고 공장으로 갔을 때, 그저 '돈'이나 열심히 벌어 돈 걱정 안 하고 살았으면 좋겠다는 마음으로 하루하루를 살았습니다.

돈이라는 허황한 꿈도 진짜 꿈이 생기니 무용지물이더라고요. 꿈이 생기니 가슴이 뛰기 시작했어요. 나는 꿈을 꾼다는 것을 사치라고 생각했던 어리석은 사람이었거든요. 그런 내가 '간호'라는 두 단어에 마음을 빼앗겼고, 곧장 앞만 보며 달렸습니다. 내가 처한 상황에서 가장 유연하게 꿈을 이룰 수 있는 길이 '간호조무사'가 되는 것이었어요.

저는 간호조무사가 되면서 꿈 하나를 이루었습니다. 같이 아파하고, 누군가에게 힘이 되어드리고 싶다는 간절함이 맞닿아 행복한 하루하루를 보내고 있습니다.

직업에 귀천이 있나요?

누구에게 드러나지 않는 일을 한다고 해서 절대 작아지지 마시길, 그 속에서도 꿈 하나 꼭 간직하시고 이루시길 바랍니다. 누구보다 제가 간절히 응원할게요.

저는 간호사가 되고 싶었지만, 간호조무사로서도 충분히 행복합니다.

간호조무사가 어때서요?

시중에 있는 병의원은 간호조무사가 훨씬 큰 역할을 하고 있고요. 큰 병원에서조차도 간호조무사는 필요합니다. 이름표(타이틀)가 무슨 의미가 있나요? 타인의 아픔과 동행하고 있다는 사실 하나만으로도 가슴 벅차고 뿌듯합니다.

이 책을 준비하게 된 건 사랑과 희망, 관계와 포용, 위로와 치유를 경험하게 해드리고 싶어서였어요.

언제가 가장 행복하냐고 다시 물으신다면, 저는 20대 초반의 나처럼 '지금'이라고 말하고 싶어요. 이 책을 읽는 모든 분이 지금 행복하시길, 지금 건강하시길 기원합니다.

작가 고유의 문체를 살리기 위해
한글 맞춤법에 맞지 않는 일부 표현은 그대로 두었습니다.

1장

꿈은 이루어졌다

공순이가 되다

'이제 정말 가는가 보다.'

취업을 나가게 되는 281명의 학생이 전자통신과 실습 동 앞에서 버스를 기다리고 있을 때였다. 은색 버스 5대가 차례로 교문을 통과했다. 버스 끝부분에 파란색으로 된 회사 로고가 눈에 띈다. 버스가 보이자 웅성거리는 소리는 더욱 높아졌다. 우리는 함께 온 가족들과 인사를 나누기 시작했다. 마치 훈련소 앞모습과 닮아있었다. 입대를 앞둔 군인과 가족들처럼 애틋한 시간이 이어졌다. 마지막인 양 여기저기서 울음소리가 터져 나오고 마지막으로 선생님과 인사를 나누며

한 명씩 버스에 몸을 실었다. 나도 함께 와주신 아빠와 인사를 나누고 선생님과 인사를 나누는데 갑자기 아빠가 눈물을 보이셨다. 19살이 될 때까지 아빠의 눈물을 본 적 없던 나는 당황스럽기도, 슬프기도 했다.

"멀리 가는 거 아입니더, 울지 마세요. 아버님."

선생님의 위로에도 아빠의 눈물은 그칠 줄 몰랐다. 직업 군인이었던 아빠는 늘 단단해 보였고 내겐 가장 크고 위대했던 존재였다. 강한 모습만 보다가 한껏 줄어든 아빠의 모습을 보자 내 눈물샘도 터져버렸다.

'왜 울고 그래?'

인사를 하는 둥 마는 둥 하고 버스에 올랐다. 버스는 출발했지만 내 눈물은 그칠 줄 몰랐다. 멀어지며 작아지는 아빠의 모습에 눈물이 더욱 세차게 흘러내렸다. 포항에서 출발한 나는 칠곡휴게소에 도착하기 전까지 1시간이 넘는 시간 동안 소리 없는 울음을 울었다. 진정이 안 된 나는 눈물, 콧물 범벅이 되어 만신창이가 되었다. 칠곡휴게소를 지나고 남구미 IC가 가까워지자 공장과 굴뚝들이 보이기 시작했고 그제야 눈물이 마르기 시작했다. 아파트와 공장 사이를 지나자 드디어 회사가 보인다. 회사에 들어섰는데도 한참을 들어갔다. 회사는 내가 상상한 것 이상으로 크고 넓었다. 끝에서 끝이 보이지 않는 회사를 보니 그제야 취업했다는 것이 피부로 조금씩 와닿았다. 버스에서 내린 우리는 안내에 따라 회의장 같이 넓은 곳으로 들어갔다. 모두가 낯선 곳에 던져지니 어리둥절, 우왕좌왕, 시끌벅적했다. 잠깐의 여유도 없었다. 도착하자마자 회사 생활에 관한 이야기를 듣고 식당에도 가봤다. 마치 야영장에 놀러 온 듯한 분위기에 젖어 모두가 들떠있었다. 한 가지 문제가 있다면 한 학교에서 사상 최대 인원이 취직되다 보니 기숙사가 부족했고, 우리는 S 기업 계열 기숙사에 들어가 지내게 되었다. 빌라로 된 건물로 안내받았지만 나쁘지 않았다. 마치 가족들과 지내는 집 같아서 거부감도 적었다. 밤에는 공용 거실로 쓰는 공간에 모여 영화를 보기도 하고 가족처럼 오순도순 모여 음식을 나눠 먹기도 했다. 다만 버스를 타고 출퇴근해야 하는 수고로움은 있었지만 감사하게도 몇 달 뒤, 고층 아파트로 된 S 전자 기숙사로 들어갈 수 있게 되었다. 예전 기숙사에선 2명씩 한방을 썼는데 이사 온 기숙사에선 친구와 언니 2명을 더해 총 4명이 한방을 쓰게 됐다. 그때는 모든 것이 마냥 신나고 좋았다. 2층 침대를 쓰는 것도, 내 책상이 있는 것도, 공용 주방과 운동시설 등 새로운 공간이 주는 기쁨과 설렘은 어린 소녀의 심장에 불을 지피기에 충분했다. 가족도 아니고 일면식 하나 없는 낯선 사람뿐이었지만 여자들끼리 기숙사를 함께 쓴다는 것 자체가 신기하고 새로웠다. 일과 후 방 식구들과 함께 보내는 시간은 배꼽 잡게 하는 개그 프로그램보다 재미났고, 삶에 활력이 되어줬다. 회사에서 하는 일도 단순 작업이었던 터라 어려움 없이 금세 적응했다. 언제부터였을까? 생활이 안정되다 보니 시선이 점점 밖으로 향하기 시작했다.

어느 날, 방 언니들의 분주함이 눈에 들어왔다. 3 교대 근무를 하다 보니 주간 근무 때는 저녁에, 오후나 야간근무 때는 오전에, 언니들이 종종 사라졌다. 이유를 물었더니 사내대학에 간다고 했다.

'대학을 다닌다고? 일도 하면서 공부를 한다고? 취직하면

일에만 몰두해야 하는 거 아닌가?'

어린 나이였음에도 꼰대 같은 마음으로 그들을 바라보고 있었다. 나도 모르게 편견을 갖고 그녀들을 바라보고 있었다는 사실이 상당한 충격으로 다가왔다. 편견을 품은 시선도 잠시, 대학에 다니는 언니들을 보니 멋져 보이기도 하고 한편으론 부럽기도 했다. 나는 월급을 받으면 받는 족족 집으로 보냈다. 용돈을 받으며 지내오던 내가 나에게 투자를 한다는 것은 생각도 할 수 없는 일이었다. 자기가 돈을 벌어서 공부한다는 자체가 대단해 보이기 시작했다. 그때부터 내 안에 잠들어있던 내가 조금씩 건드려졌다. 작지만 아주 가끔, 가슴 한구석에서 불티가 일었다. 몇 년 뒤, 이 불티가 걷잡을 수 없는 불이 될 줄 그때는 정말 알지 못했다.

화상

화상 치료 시 먼저 해야 할 일

1. 화상 부위를 차갑게 식히기: 즉시 화상 부위를 찬물에 10~20분간 담그거나 흐르는 찬물로 식혀줍니다. 이는 통증을 줄이고 피부 손상을 최소화하는 데 도움을 줍니다.

2. 의류 제거: 화상 부위에 붙어 있는 의류는 제거하되, 피부에 붙어 있는 경우 억지로 떼지 말고 전문가에게 상담합니다.

3. 감염 예방: 화상 부위를 깨끗하게 유지하고, 필요할 경우 멸균 드레싱으로 덮어 감염을 예방합니다.

4. 의료 상담: 화상이 심각한 경우(2도 이상의 화상), 즉시 의료 전문가의 진료를 받는 것이 중요합니다.

이러한 조치를 통해 화상의 정도를 줄이고, 회복을 돕는 것이 중요합니다.

(물집이 생겼을 때)

1. 청결 유지: 물집이 생긴 부위를 깨끗하게 유지하는 것이 가장 중요합니다. 비누와 물로 부드럽게 세척하여 감염을 예방합니다.

2. 터뜨리지 않기: 물집은 자연적으로 치유되도록 두는 것이 좋습니다. 터뜨리면 감염의 위험이 커지므로, 가능한 한 터뜨리지 않도록 합니다.

3. 보호하기: 물집이 있는 부위를 드레싱이나 밴드로 보호하여 외부 자극이나 마찰을 줄입니다.

4. 소독: 물집이 터졌다면 깨끗한 소독약으로 소독하고, 드레싱으로 감싸줍니다.

이러한 방법들이 물집의 치유를 돕고 감염을 예방하는 데 가장 효과적입니다.

상황이 심각하면 전문가의 진료를 받는 것이 좋습니다.

공순이도 꿈은 있다

휴일이 길었던 어느 날, 집으로 가는 버스를 타려고 버스 정류장에 서서 주위를 두리번거리고 있을 때였다. 길 건너편 건물 옥상에 쓰인 '간. 호'라는 두 글자가 눈에 들어왔다. 그 당시에는 간호의 'ㄱ' 자도 관심이 없었던 터라 그냥 무심히 보고 지나쳤다. 두 글자가 주는 인상이 어쩌나 깊었던지 온종일 내 마음속을 어지럽혔다. 지나가는 말로 엄마에게 간호사란 직업에 대해 언급을 했지만, 비위가 약한 엄마는 절대 아니라며 선을 그었다. '엄마가 아니라니 아닌가 보다.'라며 나 또한 선을 그어버렸다. 그때는 그게 정답인 줄로만 알았다.

나와는 상관없는 일이라 여기며 '간호'라는 단어를 지워갔다.

시간이 흐르고 흘러 공장 생활도 어느덧 5년째에 접어들었다. 닭 가슴살처럼 퍽퍽한 생활이 이어지던 어느 날, 공장에서 벗어나고 싶다는 생각이 마음 한구석에서 자라나기 시작했다. 내 가슴은 운명을 미리 알아차리기라도 했던 것일까? 느닷없이 간호사가 되고 싶다는 마음이 일었다. 간호사는 대학을 가야만 될 수 있는데 나는 그럴 상황이 전혀 안 됐다. 어디에다가 말도 못 하고, 가정 형편상 꿈도 못 꿀 일이었기에 속으로 끙끙 앓는 날들이 계속 이어졌다. 가슴속을 비집고 나온 꿈은 오븐 속 빵이 부풀듯 서서히, 점점 불어나고 있었다.

며칠 뒤, 누가 가져다 놓은 건진 모르겠지만 기숙사 한구석에 잠들어있던 신문이 보였다. 교대가 다른 언니가 자고 있어서 텔레비전을 보기도 어렵고, 어디 나가는 것도 귀찮아서 신문이나 보며 시간을 때우려 했다. 뜻이 있는 곳에 길이 있다고 했던가. 한 장 한 장 넘기는데 간호조무사라는 글자가 눈에 쏙 들어온다. 간호조무사란 직업이 있다는 걸 그제야 알게 되었다. 간호조무사는 간호사와 다르게 1년 과정이었고 취업도 바로 가능하다고 적혀있었다.

'간호조무사? 나 이거 배워볼까? 배워보고 싶네, 비싸겠지? 물어나 볼까?' 공장 생활을 재미로 하는 건 아니었지만 재미도 없었고, 흥미도 잃은 채 무의미하게 살아가던 날들이 이어지고 있었다. 매일 반복되는 일상, 취미생활 하나 없이 하루하루를 보낸다는 게 헛헛하게 느껴지던 시기였다. 그런 내게 간호조무사라는 직업은 내 호기심을 건드리기에 충분했고, 도전해 보고 싶다는 마음이 솟구쳐 이내 가슴이 뜨거워졌다. 교대가 다른 룸메이트가 퇴근하는 11시까지 눈을 비벼가며 기다렸다. 내가 아이스크림 귀신인 걸 알고 매일 아이스크림을 하나씩 사 오던 친구였는데 그날도 기숙사 앞 마트에서 우유 맛 아이스크림을 들고 퇴근했다. 친구가 씻을 동안 나는 아이스크림을 먹었지만 설레는 마음으로 똘똘 뭉쳐져 있던 나는 아이스크림 맛을 하나도 즐기지 못했다. 친구의 의중이 궁금했던 나는 씻고 나오는 친구를 앉히고 물었다.

"박가야, 간호조무사 알아? 나 그거 한번 배워보고 싶은데…"

신문을 가져다 보이며 그녀의 생각은 어떤지 물어보았다.

"병원에서 일하는 건가? 병원 취직도 바로 가능하네. 1년 과정? 한번 해봐, 공장 다니는 것보다 훨씬 낫지 않을까? 너라면 뭐든 잘할 거야." 그 당시 가장 많이 의지했던 룸메이트인 친구에게 내 소망을 비춰 보였다. 헤어짐은 아쉽겠지만 내가 선택하는 길을 기꺼이 응원하겠노라고 했다. 믿고 의지했던 친구의 말에 형언할 수 없는 힘과 용기를 얻었다. 친구의 말에 내 가슴은 뜨겁게 달궈지기 시작했다. 쭈뼛거리던 내 마음을 눈치라도 챘던 건지 거침없이 방아쇠를 당겨주었다. 쇠뿔도 단김에 빼라는 말처럼 친구와 이야기를 나눈 다음 날, 학원으로 전화를 걸었고 미팅 약속을 잡았다. 약속을 잡고 나니 실실거리며 웃음이 터져 나왔다. 새로운 도전, 새로운 꿈이 생겼다는 사실에 마음은 이미 모든 걸 가진 듯 부유해졌다. 엄마가 반대할지 모르지만 일단 저지르고 말씀드리기로 했다. 나를 가로막을 수 있는 건 아무것도 없었다. 앞만 보며 나아가리라 다짐했다. 친구의 응원에 힘입어 발을 떼었지만, 마음을 먹고 머뭇거림 없이 실행으로 옮겼더니 또 다른 세상에 한 발자국 다가선 듯했다. 그렇게 나는 새로운 꿈을 꾸게 되었다.

기대 반, 두려움 반

드디어 결전의 그날이 왔다. 달력에 동그라미를 쳐놓고 손꼽아 기다렸다. 간호 학원 선생님과 통화를 한 지 불과 며칠 안 지난 시점이었는데 마치 1년을 기다린 듯한 기다림처럼 길게만 느껴졌다. 아침밥을 굶은 적이 없던 나는 식사도 거른 채 간호 학원을 찾아갔다. 드디어 학원 입구에 도착했다. 여름도 아닌데 손바닥은 땀으로 홍건했다. 손바닥을 바지에 여러 번 문지르고 나서 조심스레 노크를 한 뒤, 고개를 살포시 내밀며 문을 열고 들어갔다. 학원 문을 열었던 그 순간의 떨림과 설렘은 아직도 기억에 생생하다. 그날 간호 학원 문을 두드렸던 용기는 내 인생을 바꿔줬다. 그때는 몰랐지만, 또 다른 세상이 나를 기다리고 있었다. 문을 열고 들어가니 남성분이 앉아계셨다. 반갑게 맞아 주시는데 알고 보니 원장님이셨다. 원장님의 첫인상은 온화하고 부드러웠다. 좋았던 인상만큼 원장님과의 대화는 일사천리로 진행되었다. 모든 게 완벽하다 느껴질 때쯤, 마지막 단계에서 결국 좌절을 맛보아야 했다. 돈 앞에서 모든 게 무너져버렸다. 1년 과정 수업료가 200만 원대였고 카드 결제나 일시납만 가능하다고 하셨다. 그때 간호조무사 초봉 월급이 70만 원일 때였다. 나에겐 카드 한 장이 없었고, 용돈만 조금 있던 상황이었다. 대기업에 다녔고 끊임없이 일했지만, 주머니가 메말랐던 이유가 따로 있었다.

내가 중학생이었던 시절로 거슬러 올라가 본다. 군인이셨던 아버지는 사업에 대한 야망이 컸지만 매인 몸이었기에 어쩔 수 없이 전업주부였던 엄마가 사업에 뛰어들게 되었다. 아무런 준비 없이 시작된 사업은 결국 빚더미에 앉게 했고, 그때부터 가세가 기울기 시작했다. 대기업에 취직했어도 부모님이 어렵다는 걸 안 이상, 혼자 호의호식하며 돈을 쓸 수 없었다. 버는 족족 집으로 보내졌지만 기울어진 가세는 바로 설기미가 보이지 않았다. 게다가 내 이름으로 만들어진 카드는 이미 부모님 손에 쥐어졌고 한도도 가득 차 있었다. 밑 빠진 독에 물을 붓는 심정이었다. 그때부터 주머니 사정은 늘 최악이었다. 버스비를 아끼기 위해 집에 가고 싶은 것도 참아야 했다. 한 달 동안 돈 한 푼 안 쓰다가 집에 못 갔던 주말, 500 짜리 과자 한 봉지로 외로움을 달랜 적도 있었으니까. 주머니 사정이 최악이었음에도 무슨 용기로, 무슨 배짱으로 학원을 찾았는지 아직도 의아하기만 하다. 돈 때문에 배움도, 꿈도 모두 포기해야 하는 상황에 맞닥뜨려졌다. 잠깐이었지만 당황스럽다가 우울했고, 슬퍼지다가 괴로웠다. 원장님은 그런 내가 안타까우셨던 것인지, 아니면 간절했던 마음을 엿보셨던 건지 한참을 고민하시더니 방을 나가셨다.

잠시 후, 다시 오셔서 매달 학원비를 낼 수 있겠냐 물으셨고 원장님의 배려로 학원에 다닐 수 있게 되었다. 이런 경우는 처음이라고 하셨다. 전심으로 감사했다.

지금도 그때를 떠올리면 아찔하다. 짧은 순간이었지만 천국과 지옥의 맛을 골고루 경험했다.

천금 같은 기회를 주신 원장님께 실망을 안겨드릴 순 없었다. 열심을 내야 했다. 공장에서 일하며 학원에 다녀야 했지만, 수업, 실습을 단 하루로 빼먹지 않았다. 입에서 피 맛이 날 정도로 노력했다. 노력은 배신하지 않는다고 했던가!

나를 받아주셨던 원장님 덕분에 간호조무사 자격증을 무사히 취득할 수 있었고 자격증을 따자마자 원장님 친구분이 사무장님으로 계신 병원을 소개받아 취직하게 되었다. 모든 게 일사천리로 진행되었다. 마치 나를 위해 준비되어 있던 것처럼 모든 일이 평탄하게 진행되었다.

퇴사한 다음 날, 취직하기로 한 병원의 사무장님께서 병원 구급차를 끌고 기숙사 앞으로 오셨다. 짐이 별로 없다고 했지만, 구급차 한 대가 가득 찼다. 이삿짐을 나르느라 진이 다 빠졌지만, 미련도, 후회도 없이 나는 구미를 떠났다. 구미를 떠나 처음 가보는 낯선 도시로 향했다. 그 도시는 참외가 유명하다는 고장, 성주였다. 병원에 곧 도착한다는 사무장님의 말씀을 듣고 창밖을 내다보니 온통 비닐하우스만 보였다.

모든 것이 낯설게 다가왔지만 기대감은 한껏 부풀어 오르기 시작했다.

'처음 하는 일을 잘 해낼 수 있을까?'

두려움이 잠시 고개를 내밀었지만, 얼른 마음을 고쳐잡았다. 젊은 패기였을까? 나를 믿었던 것일까? 그냥 할 수 있다는 마음 하나만 붙잡고 한 발 한 발 내디뎠다. 적응하는 건 그리 어렵지 않았다. 여행을 가서 잠자리가 바뀌어도 잘 자고, 내 집이 아니라도 변을 잘 보며, 무슨 음식이든 가리는 것 없이 잘 먹던 나는 병원 생활도 금세 적응했다. 모든 것이 좋았다. 새 직장, 새로운 사람들, 기분 좋은 낯선 경험들이 나에겐 행복한 자극제가 되어주었다. 입원실과 수술실, 물리치료실과 방사선실이 있었고, 식당과 기숙사가 함께 있는 병원, 상상했던 것보다 훨씬 크고 훌륭한 현실을 마주하게 됐다. 하루하루가 기대감과 행복함 속에서 영글어갔다. 가끔 찾아오는 두려움은 내가 성장하는 데 꼭 필요한 자양분이라 생각했다. 두려움조차 행복했으니까.

나는 그렇게 서서히 익어가고 있었다.

코피(비출혈)

코피(비출혈)의 지혈 방법

1. 편안한 자세 취하기: 앉거나 서서 몸을 약간 앞으로 기울입니다. 이는 혈액이 목으로 흘러 들어가는 것을 방지합니다.

2. 코 막음: 손가락으로 코의 양쪽 날개를 5-10분간 강하게 눌러줍니다. 이때 입으로 숨을 쉬도록 합니다.

3. 얼음찜질: 코 뒤쪽이나 목덜미에 얼음찜질을 하면 혈관 수축에 도움을 줄 수 있습니다.

4. 피할 것: 머리를 뒤로 젖히지 않도록 합니다. 이는 혈액이 목으로 넘어가는 것을 방지합니다.

5. 지속적인 출혈: 10분 이상 출혈이 멈추지 않거나, 심한 출혈이 있을 경우 의료기관에 가야 합니다.

코피가 자주 나는 경우에는 원인을 파악하고 적절한 치료를 받는 것이 중요합니다.

지인 중에 코피가 자주 나던 분이 계셨는데 연근차를 물처럼 드시고 좋아졌다는 분이 계셨어요. 케이스마다 다르겠지만 연근이 코피에 도움이 된다고 합니다.

베드 메이킹

입원실이 있고 외래 환자도 많은 병원이다 보니 해야 할 일이 많았다.

나에게 일이 많다는 건 오히려 배울 기회가 많다는 뜻이었기에 힘들다는 생각보단 즐거운 마음으로 일을 배워나갔다. 아는 일이든 모르는 일이든 배운다는 사실 그 자체가 심장을 뛰게 하는 가슴 벅찬 일이었다. 병원 일을 처음 한다는 이유로 핸디캡을 바라지 않았다. 나는 그저 배운 대로 행했다. 배운 대로, 가르쳐 주시는 대로 최선을 다해 일했다.

누구에게나 친절하려 애썼고 허점 없이 잘 해내고 싶었

다. 그뿐만 아니라 근육주사, 혈관주사, 원장님 어시스트, 접수 프로그램 익히기, 드레싱, 방사선 실장님께서 처치할 때 도와드리기, 방사선 오더 전달, 입원 환자들 바이 탈 체크(혈압, 체온, 의식 등), 입·퇴원 환자들의 침상 정리 및 베드 메이킹, 입원 환자분이 드실 약 짓는 방법까지 전부 숙지해야 했고, 당직자는 심전도 검사(electrocardiogram(EKG)) 후 원장님의 오더에 따라 수액과 주사를 챙겨 환자분을 보살폈다. 또 하나, 입원 환자 현황과 수술 환자분들의 금식을 위해 식당에 알리는 것도 잊으면 안 됐다. 무엇보다 해야 하는 많은 일 중에서 베드 메이킹만큼은 자신 있었다. 적성에 딱 맞는 일이라고 자부했다. 진료를 받던 분께서 입원이 결정되면 당직자들은 미리 입원실 침대에다가 이불을 준비했다. 이것을 베드 메이킹이라고 하는데, 그냥 이불을 펴놓거나 갖다 두는 게 아니라 매트리스 위에 침상 보를 일단 펴고 매트리스를 껴안듯 들어 침상 보의 끝과 끝을 잡아 묶어주고 속을 정돈한다. 그렇게 반대편도 묶고 나면 탱탱한 침상 보가 깔린다. 침상 보가 울지 않고 팽팽하게 깔린 모습을 보면 말로 표현할 수 없는 희열까지 느껴졌다. 그때의 희열은 무언가 해냈다는 성취감이자 뿌듯함이었다. 그렇게 베갯잇과 이불을 준비하면 침상 준비는 끝이 났다.

보통 대학병원 실습이나 간호조무사 실습을 나가도 베드 메이킹은 꼭 들어가는 실습 과정 중 하나다. 팔심이 좋던 나는 간호조무사 실습을 할 때도 베드 메이킹에 일가견이 있다며 칭찬을 자주 들었다. 그때 배운 게 빛을 발하니 어깨 뽕은 물론이고 자아 성취감도 자라났다. 당직자가 바쁠 땐 내가 나서기도 했으니 그때만큼은 베드 메이킹에 진심이었다. 그 일이 힘들다는 직원도 있었지만, 나에게는 작지만 큰 기쁨이었다. 작은 일일지 모르나 쓸모 있는 간호사가 된듯해 뿌듯하던 시간이기도 했다. 큰일이든 작은 일이든 내가 할 수 있는 것, 내게 주어진 일들을 가리지 않고 했다. 누군가를 위해 일한다는 것에 처음으로 행복을 느꼈다. 힘듦보다 행복이 더 크다는 말을 조금씩 알아가고 있었다. 그렇게 나는 병원 일에 점점 익숙해지고 있었다.

배우고, 또 배우고

병원 근무를 하다 보니 간호 학원에서 배웠던 것들은 빙산의 일각에 지나지 않다는 걸 깨달았다. 다양한 사례의 환자들을 보면서 하나씩 하나씩 배워가고 알아가기 시작했다. 그렇게 나는 점점 성장해 나갈 수 있었다. 당뇨발 환자, 풍선처럼 부푼 환자를 보며 당뇨 합병증이 무섭다는 걸 피부로 느끼게 되었고, 대상포진 환자분을 보며 물집이 옹기종기 모여 올라오는 모양이나 물집이 터져 딱지가 앉는 형태, 바늘로 찌르는 듯한 증상을 동반한다는 것도 알게 되었다.

충수염일 때는 배꼽에서 오른쪽 10센티 아랫부분을 눌

렀을 때 반사통이 대부분 있었고, 갑상샘에 이상이 있을 때는 극한의 피곤함은 물론 식은땀과 대변의 양이 많아진다는 것도 알게 되었다. 몸은 알면 알수록 신기하고 신비로웠다. 병원에 내원하시는 분들을 마주할 때마다 병명이 궁금했고 원장님의 처방도 궁금했다. 진료실 담당이 되면 원장님 진료에 내가 마치 환자 보호자가 된 것처럼 푹 빠져들기도 했다. 궁금증은 나를 움직이게 했다. 궁금함에서 그치지 않고 하나씩 하나씩 궁금증을 풀어나갔다. 심전도 검사(electrocardiogram(EKG))를 하는 방법부터 상처를 처치하는 방법, 드레싱 방법 등을 익혀나갔고, 실습생 시절에는 만져볼 수 없던 주사기도 들게 되었다. 정맥주사(혈관주사:IV)를 놓는 방법, 근육주사(IM)를 놓는 방법을 배우고 익혔다. 학원에서 정맥주사 연습을 할 때는 토니켓(정맥주사 놓을 때 필요한 고무줄 : 채혈 고무줄)에 했던 게 전부였다. 아기 기저귀 고무줄이라고도 불렀던 노란색 고무줄, 토니켓을 혈관으로 삼아 주삿바늘을 찌르는 연습을 했다. 토니켓을 손으로 눌러보고 학원 동기들의 혈관도 눌러보면서 감각을 계속 익혀나갔다. 무엇보다 혈관을 눌렀을 때 그 감을 잡는 게 최우선이었다. 일단은 혈관이 어떤 느낌인지 알아야 했는데 혈관의 느낌과 토니켓의 느낌이 비슷하다던 선생님의 말씀을 되새기며 그 감을 잡으려고 혈관을 많이 눌러보고 만져봤다. 손으로 감각을 익혀나갔다. 실습생 때는 주사기를 만지는 것조차 두렵고 어려웠는데 시간이 흐를수록 내 손에 꼭 맞는 연필처럼 어색함 없이 잘 다룰 수 있게 되었다. 운동 실력이 뒤처지지 않는 편이라 그런지, 손의 감각이 예민해서인지 모르겠지만 잦은 실수 없이 수액을 놓아 드릴 수 있게 되었다. 지금은 혈관을 만지지 않고도 알 수 있을 만큼 숙련되어 있지만, 벌벌 떨며 정맥주사를 놓았던 시절이 있었다. 그때의 기억은 지금까지도 내 뇌리에 박혀 생생하게 남아있다. 내 손은 마음과 다르게 움직였다. 마치 영화 테이프를 0.5배속으로 늘린 것처럼 손도, 상황도 모든 것이 느릿느릿하게 흘러갔다. 환자의 팔뚝에 토니켓(고무줄)을 거침없이 묶고 정맥 카테터(수액 놓을 때 필요한 바늘)를 들고 혈관을 째려보고 누르기를 반복했다. 아무리 처음이라지만 실수는 하기 싫었다. 실수를 실패라 치부하던 시절이었기 때문에 실수를 용납할 수 없었다. 무엇보다 옆에 서 있던 수 간호 언니의 눈길이 부담스러웠고, 환자분이 느낄 기분도 앞서서 염려했다. 아무나 찔러도 해낼 수 있을 것 같은 굵은 혈관을 가진 환자분이라 내게 기회가 주어진 것이었지만 두려웠다. 내가 머뭇거리던 걸 눈치챘던 수 간호 언니는 부담 없이 하라는 응원을 아낌없이 보냈고 그 말에 힘입어 카테터를 찔렀다. 혈액이 나오는 걸 보고 바늘을 분리하는 작업을 거쳐야 하는데 그때가 가장 떨리는 순간이었다. 이때가 정맥 주사를 제대로 놓았는지 알 수 있기 때문이다. 바늘을 분리하기 전부터 이미 등줄기엔 땀이 흐르는듯했다. 바늘을 분리했더니 다행히 피가 나왔다. 카테터가 혈관에 제대로 들어간 것이다. 첫 시작이 좋았다. 수 간호 언니의 칭찬이 이어지자 한결 가벼운 마음으로 수액을 연결했다. 나도 모르는 사이, 이마 양옆으로 땀이 흐르고 있었고 콧잔등엔 땀방울이 맺혀 있었다.

늘 처음은 두렵고 어려운 법이다. 못하겠다고 빼지 않고 당당히 맞섰더니 나는 또 한 뼘 자라나 있었다. 수액 달기를 해냈다는 사실은 나를 단단하고 당당한 사람이 되게 해주었다.

근육주사도 엉덩이에 십자를 두 번씩 그리며 제대로 놓으려고 노력했다. 모든 노력이 헛되지 않음을 시간이 흐를수록 깨닫게 되었다. 뭐, 심전도 검사기를 심장 반대편으로 달아서 파동이 안 나온다며 호들갑을 떤 적도 있지만 귀여운 실수로 여겨주서서 웃고 넘긴 일도 있었다.

실수 없는 사람이 어디 있으랴, 실수를 깨닫는 것처럼 좋은 스승은 없다고 했다. 그런 시간이 차곡차곡 쌓이다 보니 실수도 적어지고 내가 바라던 간호사의 모습을 서서히 갖추어나가기 시작했다.

⊨▭▭▭▷ 대상포진

～～～～～～～～～～～～～～～～～～～～

대상포진은 수두 바이러스(Varicella-Zoster Virus)에 의해 발생하는 질환으로, 주로 신경을 따라 발진과 통증이 나타납니다. 보통 면역력이 약해졌을 때 재활성화되며, 한쪽 몸의 특정 부위에 물집이 생기는 특징이 있습니다.

주요 증상으로는 발진, 가려움증, 통증이 있으며, 통증은 발진이 나타나기 전부터 시작될 수 있습니다. 합병증으로는 포진 후 신경통이 있을 수 있습니다.

예방을 위해 대상포진 백신이 있으며, 조기 치료(항바이러스제)로 증상을 완화하고 합병증을 줄일 수 있습니다.

대상포진은 주로 신경을 따라 발병하며, 일반적으로 한쪽 몸의 특정 부위에 물집과 통증이 나타납니다. 가장 흔한 발병 부위는 다음과 같습니다.

1. 가슴과 복부: 몸통의 한쪽 측면에 발생하는 경우가 많습니다.
2. 얼굴: 특히 눈 주위나 귀 근처에 나타날 수 있습니다.
3. 목: 목의 한쪽 측면에서 발생하기도 합니다.
4. 팔과 다리: 팔이나 다리의 특정 부위에 나타날 수 있습니다.

대상포진은 항상 한쪽에만 발생하며, 바늘로 톡톡 찌르는 듯한 통증과 함께 물집이 생기는 것이 특징입니다. 간혹 일반 포진과 대상포진을 헷갈리시는 분이 많은데 대상포진은 양쪽으로 생기지 않습니다. 한쪽 부위에 집중적으로 생깁니다.

대상포진 예방접종은 일반적으로 50세 이상의 성인에게 권장됩니다. 두 가지 종류의 백신이 있으며, 다음과 같은 방법으로 접종합니다.

1. Zostavax: 생백신으로, 1회 접종합니다.

2. Shingrix: 재조합 백신으로, 두 번 접종하며, 첫 번째 접종 후 2~6개월 후에 두 번째 접종을 합니다.

(접종 권장 시기)

- 50세 이상의 성인: 예방을 위해 접종 권장.
- 면역력이 약한 경우: 의사와 상담 후 접종 결정.

접종 후 부작용으로는 주사 부위 통증, 발열, 피로감 등이 있을 수 있으나, 일반적으로 경미합니다. 예방접종은 대상포진의 발병 위험을 줄이고, 만약 발생하더라도 증상을 경감하는 데 도움을 줍니다.

여기서 잠깐! 2회 접종하는 재조합백신의 예방효과는 97.2%라고 합니다. 생백신보다 높은 효과가 있다니 참고하세요.

수술실이라니

병원에 와서 수술실이라는 곳에 처음 들어갔을 때, 그 위엄과 묵직함은 입을 다물 수 없게 했다. 수술실이라니!

수술실이라면 무서운 생각부터 들곤 했다. 아연실색할 만큼 너무나도 엄숙하고 무거운 공기, 숨소리조차 조심스러운 공간이라 여겼다. 다행스럽게도 이 병원 수술실은 예상보다 환하고 따뜻했다. 그런 느낌도 잠시, 갈색 가죽으로 덮인 수술대는 쉽사리 접근하기 어려웠고 그 옆으로는 씨암(C-ARM:이동형 X선 투시 촬영 장치)이라는 크고 낯선 장비가 있었다. 그뿐 아니라, 수술 도구를 소독하는 고압 증기 소독기는 물론 수술 시 필요한 약들과 수술 시 사용되는 의료용품들이 수술 실 안을 가득 채웠다. 수술포와 수술복이 담겨있는 꾸러미가 켜켜이 쌓인 걸 보니 마치 TV 촬영장을 찾은 듯한 착각마저 일었다. 무엇보다 가장 놀랐던 점은 씨암의 등장이었다. 내가 다니는 병원은 GS(일반외과)였기에 씨암의 등장이 낯설고 신기 했다. 씨암이라는 장비는 쉽게 얘기하면 엑스레이가 동영상 처럼 실시간으로 출력되는 장비다. 뼈의 움직임이나 형태를 바로바로 볼 수 있어 OS(정형외과) 수술에 큰 도움이 되는 장 비인데, 고가의 장비가 일반외과인 우리 병원에 있다는 사실 이 놀라웠다. 일반외과에서 하는 일반적인 수술은 충수염(일 반적으로 알려진 맹장염)이나 탈장, 치질 같은 항문 질환 정도로 알고 있는데 씨암이 왜 거기에 떡하니 자리를 잡고 있는지 무 척 궁금했다. 궁금했던 나는 직원들에게 묻고 또 물었다.

내가 들은 우리 원장님은 진료에도 진심이었지만 의술과 수술에 대한 욕심이 많고 그만한 능력도 출중한 분이라고 하 셨다. 그 이유로 OS 수술도 함께 하신다는 것을 알게 되었다.

내가 입사하기 전, 고 관절 골절을 입으신 할아버지가 계셨는데 원장님께서는 인공관절 수술까지 해내셨다고 했다. 내가 병원에 왔을 때 할아버지께선 이미 회복 중이어서 목발에 의지해 걷고 계셨다. 의술에 놀랐지만, 원장님의 능력에 또한 번 감탄했다. 그 뒤의 일이지만 손가락뼈 골절로 인해 철사(핀)를 박는 수술이나 뼈에 와이어를 감는 수술, 직접 철판을 대는 수술은 물론 치질 수술 및 항문 질환 수술과 충수염 수술 등을 함께 하면서 범접할 수 없는 원장님의 아우라를 다시 한번 느낄 수 있었다. 훌륭하고 멋진 원장님 아래에서 일을 배우고 있다는 사실만으로도 든든하고 자랑스러웠다. 수술에 관한 이야기를 계속해서 듣게 되고, 참관하면 할수록 수술실이 어렵게 느껴졌다. 내가 수술실에 들어갈 때는 소독을 돌릴 때나 수술 준비를 할 때가 전부였지만 시간이 흐른 뒤, 마취과 의사 선생님의 지시 아래 마취제를 준비하고 챙겨 드리는 위치까지 오르게 되면서 수술실에 자주 들어갈 수 있게 되었다. 내가 내 자리에서 입지를 다져나가는 만큼 수술실과의 거리도 가까워졌다. 원장님께서 진료 시간에 수술하게 되면 외래진료가 잠시 중단되기 때문에 외래 대기 환자가 없다거나 여유가 있을 때, 수술에 많은 인원이 필요 없을 때는 수술 참관도 가능했다. 원장님과 사무장님, 방사선 실장님은 굉장히 관대하셔서 배우고 싶어 하면 뭐든지 가르쳐주셨다. 덕분에 많은 수술을 간접 경험으로 익히고 배울 수 있었다. 아직도 그때만 떠올리면 가슴이 두근거린다. 인체를 제대로 들여다볼 수 있고, 장기에 대해 배울 수 있던 그때는 이 길을 이제 막 들어선 나에게 금보다 귀하고 값진 기회를 선사했다. 공기의 무거움, 진지함, 긴장감이 맴도는 곳이 수술실이라지만 능수능란한 원장님의 집도 모습을 보며 어시스트를 더 잘할 수 있도록 배우고 싶었고, 제대로 익히고 싶다는 욕구가 쉴 없이 올라왔다. 무엇보다 훌륭한 원장님께 폐를 끼치지 않는 간호사로 자리 잡고 싶다는 마음이 강하게 일었다.

모든 순간이 나를 자라게 했다. 무엇 하나 버릴 게 없던 시절이었다.

수술실에 들어가 수술을 참관하면서부터 나는 더 큰 그릇의 간호사가 되고 싶어졌다. 수술실은 우물 안 개구리였던 나를 우물에서 벗어나게 해 준 고맙고 소중한 장소가 되었다.

기념비적인 날

가슴이 두근거리다 못해 터질 것 같았던 그날은 아직도 내 기억 속에 머물러 있다. 그날은 수술을 처음으로 참관했던 날이다. 가슴이 어찌나 두근거리던지 내 심장 소리가 혹여 새어 나갈까 봐 눈치를 볼 정도였다. 벽에 딱 붙어 수술을 관전했다. 수술복을 입지 않고 수술실에 들어갔다가 수술복과 접촉이라도 하게 되면 오염으로 간주하기 때문에 최대한 벽에 밀착해 있었다. 모든 의료진(원장님, 사무장님, 방사선 실장님, 간호사)이 드라마에서 보던 초록색 수술복을 입고 있었고, 오염(contamination)이 안 되게 조심, 또 조심하셨다. 손을 허리

밑으로 내리는 것도 오염으로 간주하기 때문에 그리하면 안 된다는 것도 그때 배울 수 있었다.

첫 수술 관전은 충수염 수술이었다. 우리가 익히 알고 있는 맹장 수술이다. 사실 첫 수술 관전은 치질 수술이 될 뻔했는데 수술받기로 한 할아버지를 수술대에 엎드리게 하고 침대를 ㅅ자 모양으로 드는 순간, 할아버지 상태가 급격히 안 좋아지셔서 수술이 취소되었다. 긴장을 많이 하셔서 그랬는지 의식이 혼미해졌지만, 다행히 금세 괜찮아지셔서 후일에 수술이 이루어졌다. 돌발 상황이었지만 S 실장님이 빠르게 대처하셔서 아무런 문제는 일어나지 않았다. 아주 잠깐이었지만 급작스러운 할아버지의 상태에 숨이 멎을 것만 같았다. 할아버지의 치질 수술을 연기하고 다음으로 잡힌 수술이 충수염 수술이었다. 외과였기 때문에 충수염 수술이 적지 않았다. 마취과 선생님을 대구에서 모셔 왔고 마취가 시작되면 수술에 들어갔다. 수술실이라고 하면 적막하고 무서울 것 같았는데 긴장 완화를 위해 틀어놓은 음악 소리 덕분에 내 마음도 한결 차분해졌고, 창가에 있던 수술실이라 그런지 비치는 빛 덕분에 따뜻한 온기마저 느껴졌다. 신나던 비트의 노랫소리 때문이었을까? 수술이 그리 무섭지 않게 느껴졌고 수술이 모두 끝난 뒤, 떼어낸 맹장을 세세히 볼 수 있었다.

"헉, 이게 맹장이구나. 이렇게 생겼네요."

염증이 가득 달린 맹장은 상한 명란젓 같았다. 흐물흐물해진 명란젓에 염증들이 엉거 붙어 늘어져 있는 느낌, 말 그대로였다.

신기한 마음에 뚫어지게 쳐다보고 있으니, 수간호사 언니가 "앞으로 자주 보게 될 거야."라는 말과 함께 나를 바라보며 미소를 지었다.

미소에 이어 "너도 수술에 참여해야 하니 잘 봐둬."라는 말을 덧붙이셨다.

"제가요?"

그 말이 떨어지자마자 내 심장은 심하게 요동쳤다.

'우와~ 내가 수술에 참여한다고? 진짜? 내가 해낼 수 있을까? 할 수 있을까?'

아직 수술 계획이 잡힌 것도 아니고 결정 난 것은 아무것도 없는데 수 간호 언니가 던진 말 한마디 때문에 걱정과 염려로 마음이 분주해지기 시작했다. 첫 수술 참관에 수술 참여 이야기를 듣다니 기분이 묘했다. 벅차오르는 감정을 주체하기가 어려웠고, 새로운 무언가를 하게 된다는 기대감이 온통 나를 휘감았다. 그날은 몽당연필이던 내가 잠시나마 거목이 된 듯한 기분이 드는 기념비적인 날이었다.

시간이 흐르고 흘렀다.

수간호사 언니가 해주신 말씀처럼 충수염과 치질 수술이 자주 있었다. 그때마다 수술 참관에 빠지지 않고 열심히 들어갔다. 수술 기구도 외우고 되새기며 내 것으로 만들도록 노력했다.

'모스키토, 켈리, 에디슨 포셉, 니들홀더, 아이리스 시저, 리트렉터, 겸자…'

수술 기구를 씻으며 소독기에 들어가기 전까지 이름을 외우고 불러주기를 거듭했다. 수술 순서도 잊지 않으려 내 머릿속에서 시뮬레이션하고 또 했다. 그런 시간이 흐르고 흘러 드디어 내가 수술에 참여하는 날이 다가왔다.

맹장염(충수염)의 진단과 처치법은 다음과 같습니다.

진단

1. 병력 청취: 환자의 증상(복통, 구토, 식욕 부진 등)과 병력을 확인합니다.

2. 신체 검사: 복부를 눌러 통증이 있는지, 반발통이 있는지 등을 검사합니다. 오른쪽 하복부에 통증이 있을 경우 맹장염 의심.

3. 혈액 검사: 백혈구 수치가 상승하는지 확인하여 염증의 존재를 확인합니다.

4. 영상 검사: 필요에 따라 초음파나 CT 스캔을 통해 맹장의 상태를 확인합니다.

(처치 방법)

1. 수술적 치료: 대부분의 경우, 맹장염은 외과적 제거(충수절제술)를 통해 치료합니다. 이는 개복 수술이나 복강경 수술로 이루어질 수 있습니다.

2. 약물 치료: 수술 전후로 항생제와 진통제를 투여하여 감염을 예방하고 통증을 완화합니다.

3. 식이 조절: 수술 후에는 소화가 쉬운 음식을 섭취하도록 하며, 충분한 수분을 섭취합니다.

맹장염 증상이 의심될 경우 즉시 의료 기관을 방문하여 진단과 치료를 받는 것이 중요합니다.

수술복을 입었다

드라마에서만 보던 일이 내게도 일어났다. 내가 수술복을 입다니!

수술 시간이 다가오면 당직 간호사가 수술 준비에 들어갔다. 수술복을 입혀주고 끈을 묶어주는 간호사도 함께 수술에 참여하는데 오늘은 내가 마치 주인공이 된 것처럼 수술복을 건네 입었다. 오늘은 수술복을 입혀주는 것도 아니고, 끈을 묶어주는 것도 아니었다. 마취제 준비를 하는 것은 더더욱 아니었다. 수술에 투입되었다. 수술이 결정되고 수술 일정이 잡힌 뒤부터 가슴이 마구 뛰었다.

'실수하면 안 되는데, 잘 해낼 수 있을까? 겁도 나고 두렵고…. 실수하긴 싫은데.'

모두가 하나같이 그냥 하면 된다고 말했지만, 처음이라는 말이 주는 무게가 가볍지만은 않다는 것을 알기에 위로와 응원을 아끼지 않았다. 환자를 수술실로 이동시키고 나면 수술 준비에 들어갔다. 수술복을 입고 수술용 장갑을 끼고 나면 수술 기구를 쓰기 좋게 펼쳐서 준비해 놓는다. 수술복을 입지 않은 지원 간호사는 노래도 틀어줬다. 수술복을 입기 전인 사무장님, 혹은 실장님께서는 드라마에서나 볼 수 있던 무영등(수술대 등)을 켜서 환자의 배에 조준했다. 그날도 역시나 충수염 수술이었다. 수술 준비를 마치고 나면 원장님을 불렀고 경건한 마음으로 원장님을 기다렸다가 원장님이 오시면 수술에 들어갔다. 마취가 시작되고 환자의 의식을 확인하고 나면 수술에 들어갔다. 아무리 노랫소리가 울려 퍼진다 해도 시작은 늘 무거웠다. 공기도 무거웠고 숨소리조차 들리지 않는 고요함이 수술실을 장악했다. 달그락거리는 기구 소리, 수술 기구의 이름을 부르는 원장님 목소리만이 수술실을 가득 채웠다. 이윽고 수술이 완료되는 마지막 단계, 배를 봉합하게 되면 원장님의 목소리에도 긴장이 사그라듦을 느꼈다. 무거웠던 공기는 점차 가벼워지는 듯했고 직원들의 목소리도 함께 어우러졌다. 모든 처치가 끝나면 방사선 실장님들께서는 환자를 병실로 옮겨주셨고 뒷마무리는 모두 간호사의 몫이었다. 잘 들어낸 충수 돌기를 확인하고 거즈에 싸서 인체 적출물을 담는 의료폐기물 상자에 넣어 냉동실에 보관했다. 수술복과 수술포를 세탁실로 옮기고 수술 기구를 씻어서 소독을 돌렸다. 사용한 거즈와 의료용품들을 정리하고 버렸다.

드디어 끝이 났다.

다행히 나의 첫 수술 참여는 성공적으로 끝났다. 수술실에 들어갔던 모든 스태프는 잘했다며 칭찬을 아끼지 않으셨고 긴장하느라 얼어붙어있던 내 몸도 어느새 긴장이 풀려 노곤해졌다. 수술 환자와 입원 환자를 밤새 잘 보살피는 것도 당직자의 의무였기에 다음 날 새벽까지 병실을 오르락내리락하며 환자의 안위를 살폈다. 다행히 아무 탈 없이 아침을 맞았다. 당일 당직자에게 입원 환자의 상황과 상태에 대해 인수인계를 하고 나서야 퇴근을 하게 되었다. 수술에 참여하고 나니 이제 이 병원의 규칙과 틀을 어느 정도 알게 되었다는 생각이 들었다. 아직 배울 것도 많고, 알아야 할 부분도 분명 많지만, 어느 정도 자리를 잡은 것 같다는 느낌이 들었다.

'그래, 잘하고 있어. 이대로 열심히 해보자.'

어제의 나는 오늘의 나에게 응원을 아끼지 않았다. 최고는 못되더라도 최선을 다하자며 나를 다독이고 격려했다. 내가 나를 믿어주는 만큼 해낼 수 있을 거라 믿었다.

모소 대나무를 아시는가!

모소 대나무는 4년간 3cm밖에 자라지 않지만 5년째가 되는 날부터 하루에 30cm씩 자라 6주 만에 15m의 성장을 이룬다고 한다. 모소 대나무가 빛을 보기 전, 4년간 단단하게 뿌리를 내렸듯이 나 또한 작고 소소한 순간들, 크고 가슴 떨리는 일들을 마주하며 겪어냈고, 조금씩 뿌리를 내리며 진정한 간호조무사가 되기 위한 자리를 잡기 시작했다.

2장

앞만 보고 달렸습니다

출근 송(SONG)

KBS 1 TV에서 생방송으로 방영되는 아침마당 오프닝 곡이 울려 퍼지면 출근이 완료되었다.

아침 8시 25분만 되면 아침마당 시작을 알리는 새들의 노랫소리가 병원 대기실을 가득 채웠고, 그 소리는 마치 숲 속에 있다고 착각할 만큼 청량하게 들렸다. 우리끼리 우스갯소리로 출근 송이라고도 했다. 기숙사는 3층, 병원은 1층이었기 때문에 출근하는 데 걸리는 시간은 1분도 채 걸리지 않았다. 진료는 8시 30분부터 시작되었다. 그 시절만 해도 이르다는 생각을 전혀 못 했다. 아니 안 했다. 챙겨야 할 가족이 있는 것도 아니고, 먼 길을 거쳐 출근하는 것도 아니었기 때문에 8시 반까지 출근하는 건 꽤 여유로웠다. 출근은 여유로웠지만, 나의 새벽은 출근과 다르게 늘 분주했다. 병원 바로 앞에 있던 교회를 매일 찾아가 새벽 예배를 드렸다. 예배가 끝나면 각자 기도의 시간을 더 갖지만 나는 바로 나왔다. 교회에서 나오자마자 교회 마당에서 발목과 손목에 모래주머니를 차고 성주초등학교로 향했다. 이른 시간이었지만 운동을 하기 위해 나오신 분들을 제법 만날 수 있었다. 건강을 생각하고 움직이는 사람들 사이에 내가 있다는 게 가끔은 멋지다는 생각도 들었다. 그러기도 잠시, 다른 사람을 의식할 겨를도 없이 걷고 뛰기를 40분간 반복했고 나와 약속했던 시간이 끝나면 기숙사로 돌아왔다. 내가 계획한 아침 루틴이 끝나면 8시까지 출근 준비를 마치고 기숙사 바로 옆에 있던 식당에 가서 아침을 먹었다. 주방 어머님들이 계시니 차려주시는 밥만 맛있게 먹으면 됐다. 숙식 제공이 되는 병원에 있다는 게 편하고 감사했다. 지금 생각해 보면 최고의 시스템이었다. 삼시 세끼 모두 제공되고 기숙사도 무료였으니 손색없고 부러움을 살만한 일자리였다. 첫 병원 근무를 이곳으로 오게 된 것도 나에게는 큰 축복이라 여겼다. 아침을 먹고 나서 3층에서 1층으로 내려가면 출근이 완료됐다. 한치 어김없이 출근 송이 흘러나왔다. 대기실을 가득 채우던 아침마당 오프닝 곡은 마음을 다잡게 도와줬다. 학교 종소리를 듣고 수업에 임하게 되는 아이들처럼 일의 시작을 알려주는 알람이 되어줘서 마음가짐을 단정히 하는 데 큰 도움이 됐다. 지금도 이 노랫소리가 들리면 그 시절, 그때로 돌아가 추억에 젖곤 한다. 그 노랫소리는 달리기 시작을 알리는 총소리만큼 강렬했다. 그때쯤이면 원장님도 출근하셨고 간호사들도 본인의 자리에서 옷매무새를 정돈하고 간단한 청소와 정리정돈에 들어갔다. 원장실 담당, 수부(접수실) 담당, 주사실 담당이 따로 정해져 있었기 때문에 서로 간의 소통도 중요했다. 매일 자리를 바꿔가며 일하는 시스템도 너무 흡족했다. 누구 하나, 한 자리에 치우치지 않고 일해야 하다 보니 모든 일을 익혀야 했고, 뭐든지 잘해야 할 수밖에 없었다. 원장님 어시스트도, 주사실도, 수부(접수실)에서도, 당직자들이 해야 하는 모든 일에서도 시간이 갈수록 익숙해지고 편해지기 시작했다. 편해지는 만큼 마음이 흐트러지지 않게 다잡고 또 다잡아야 했다. 그런 나에게 출근 송은 마음을 다잡고 일에 전념할 수 있도록 도와줬다. 일할 때만큼은 최고의 파트너였다.

시간이 흐르며 자연스레 연차가 쌓여갔다. 일이 손에 붙으니 해이해질 법도 한데 나는 시간이 갈수록 더 잘하고 싶고 완벽해지고 싶은 욕심과 욕망에 사로잡혔다. 그 이유 중 하나가 친구 간호사의 우월함 때문이었다. 같이 일하는 간호사 중에 동갑내기 친구가 한 명 있었다. 그 친구는 일찍이 병원 일을 시작했던 터라 워낙 오래 일하기도 했고, 무슨 일이든 능숙하게 잘 해내니 부럽기도 했다. 누구에게나 인정받는 간호사였다. 나도 그런 간호사가 되고 싶었다. 수 간호 언니가 바뀌었을 때도, 새로운 간호조무사가 들어왔을 때도, 원장님이 한 분 더 오셨을 때도 나는 누구에게나 인정받을 수 있는 간호사가 되고 싶었다. 쌓여가는 연차만큼 욕심도 함께 자라났다.

나는야 욕심쟁이

병원 일이 손에 익고 수월해지면서 편안함까지 느꼈다.

그러던 어느 날, 완전보다 완벽해지길 바라는 내 안의 또 다른 나를 발견하게 되었다. 그때는 그게 욕심인지 몰랐지만 지나고 보니 욕심 덩어리, 욕망 덩어리였다. 시간이 흐를수록 병원에 완벽히 적응해 갔다. 모든 수술에 참여가 가능할 만큼 능력도 향상되고, 드레싱이나 처치도 겁 없이 도와드릴 만큼 간도 커져 있었다. 만족할 법도 한데 내 욕심은 끝이 없었다. 더 알고 싶고, 더 배우고 싶었다. 수술이 잡히면 들어갈 수 있는 한 전부 참관했다. 보는 것도 공부라 여겼고 하나도 놓치고 싶지 않았다. 포경수술은 수도 없이 했고, 충수염 수술, 치질 수술은 물론 OS(정형외과) 수술도 가능한 한 전부 참관했다. 많은 수술이 있었지만, 그중 손가락에 철심 박는 수술을 할 때만큼은 조금 더 마음이 쓰였다.

내가 고2 때, 왼쪽 새끼손가락에 철심(핀)을 박는 수술을 받고 난 후 처치가 이루어지지 않아 새끼손가락이 완벽히 구부려지지 않는 상태가 됐기 때문에 비슷한 수술을 받는 분에게는 조금 더 관심을 내비치게 됐다. 그뿐만 아니라 병원에 오시는 환자분 중에 자주 접하지 못했던 질환을 앓는 분들이 오시면 관심이 더 쏠렸다. 당뇨 합병증으로 피부 괴사가 생긴 분, 검버섯이나 티눈 제거를 위해 오시는 분, 자갈 풍이라는 결절종을 제거하러 오시는 분, 갑상샘 문제로 목에 나비넥타이를 한 것 같은 혹을 달고 오시는 분 등 살면서 보지도, 듣지도 못했던 낯선 질환을 앓는 분들이 병원을 방문하시면 호기심이 건드려져 더 집중하기도 했다. 모든 질병에 대해 보고 듣는 것이 내 삶에 분명 도움이 될 거란 믿음과 확신이 있었다. 일반적인 내과 진료를 비롯해 외과적 수술은 물론 레이저 시술, 봉합술(suture), 깁스까지 웬만한 진료는 모두 가능했기에 눈에 불을 켜고 하루하루에 집중했다. 외래 환자가 적거나 진료를 잠시 멈추게 될 때, 처치 받는 환자가 있거나 낯선 질환의 환자를 볼 수 있는 기회가 생기면 거침없이 그쪽을 향해 달려갔다. 내가 아닌 다른 간호사가 이미 어시스트를 하고 있을 때는 어떤 식으로 어시스트를 하는지 눈여겨봤다가 그대로 따라 해보기도 했다.

'이런 상황일 땐 이렇게 하는 게 처치 받는 분께 더 낫겠다.'라는 결론이 나면 내 방식대로 도와드리기도 했다.

서당 개 3년이면 풍월을 읊고 식당 개 3년이면 라면을 끓인다고 했다.

스펀지로 물을 흡수하듯 어깨너머로 배운 일들을 하나씩 내 것으로 만들어갔다. 보이는 것, 들리는 것들을 전부 흡수하려 애썼다. 잘 해내고자 했던 의지 덕분이었을까? 일 눈치가 빨라졌다. 그 덕인지 손도 빨라지고 일에 대한 대처도 후딱후딱 이루어졌다.

'이제 병원에서 자리를 잡는구나!' 싶은 느낌이 들 때쯤 생각지도 못한 선물이 내게 주어졌다.

~~~~~~~~ 자가면역질환
~~~~~~

자가면역질환은 면역 시스템이 자신의 신체 조직을 외부 침
입자로 오인하고 공격하는 질환을 말합니다. 일반적으로 면
역 시스템은 병원체에 대항하여 보호 역할을 하지만, 자가면
역질환에서는 이러한 기능이 잘못 작동하여 정상 세포와 조
직이 손상됩니다.

주요 특징과 원인은 다음과 같습니다.

1. 원인: 자가면역질환의 정확한 원인은 아직 완전히 밝혀지
지 않았으나, 유전적 요인, 환경적 요인(감염, 화학물질, 스트레스
등), 호르몬 변화 등이 복합적으로 작용할 것으로 추정됩니다.

2. 증상: 증상은 질환의 종류에 따라 다양하지만, 일반적으
로 피로, 통증, 염증, 발열 등이 나타날 수 있습니다.

3. 치료: 자가면역질환의 치료는 증상을 완화하고 면역 시스템의 과도한 반응을 억제하는 데 초점을 맞춥니다. 스테로이드, 면역 억제제, 생물학적 제제 등이 사용될 수 있습니다.

자가면역질환은 만성적이고 복잡한 질환이므로, 조기 진단과 지속적인 관리가 중요합니다.

자가면역질환의 종류는 여러 가지가 있으며, 주요한 것들은 다음과 같습니다.

1. 류머티즘 관절염: 관절에 염증이 생겨 통증과 부종을 유발하는 질환입니다.

2. 전신성 홍반성 루푸스 (SLE): 피부, 관절, 신장 등 여러 기관에 영향을 미치는 만성 질환으로, 다양한 증상이 나타납니다.

3. 다발성 경화증: 신경계에 영향을 미쳐 운동 및 감각 기능

에 문제를 일으키는 질환입니다.

4. 하시모토 갑상샘염: 갑상샘이 공격받아 기능이 저하되고, 갑상샘 호르몬의 생산이 줄어드는 질환입니다.

5. 그레이브스병: 갑상샘이 과도하게 활동하여 호르몬이 과다 분비되는 질환입니다.

6. 체강 질환 (셀리악병): 글루텐에 대한 면역 반응으로 장 점막이 손상되는 질환입니다.

7. 자반증 (혈소판 감소성 자가면역 질환): 혈소판이 파괴되어 출혈 경향이 증가하는 질환입니다.

8. 베체트병: 구강 궤양, 피부 발진, 관절염 등의 증상을 동반하는 만성 염증성 질환입니다.

9. 신경 근육 질환 (예: 중증 근무력증): 신경과 근육 간의 신호 전달에 문제가 생겨 근육이 약해지는 질환입니다.

10. 피부 경화증: 피부와 결합조직이 경화되는 질환으로, 피부가 두꺼워지고 경직됩니다.

이 외에도 많은 자가면역질환이 있으며, 각각의 질환은 특유의 증상과 치료 방법이 있습니다. 정확한 진단과 치료를 위해서는 의료 전문가의 진료가 필요합니다.

입사 한 달 만에 월급 인상

처음 병원에 입사할 때는 월급도 중요한 부분이었다.

S 전자를 비롯해 S 전자 협력업체, L 기업 계열사를 거치며 받았던 월급을 생각하고 병원에 갔을 때, 월급 이야기를 듣고 침이 꿀꺽 삼켜졌다. 병원 쪽 월급은 전혀 몰랐기 때문에 공장 월급보다 적게 측정됐을 때 살포시 놀라긴 했지만, '병원은 다 이런가 보다.' 하고 그냥 넘겼다. 사무장님께서는 "다른 간호사들이 들어올 때보다 5만 원 더 높게 시작한데이~"라며 적지 않은 월급이라 말씀해 주셨다. 그 말이 사실인지 아닌지 모르지만 그리 믿고 싶었다. 간호사들이 본인 월

급을 모두 밝히는 게 아니었기 때문에 궁금하더라도 그냥 궁금한 채로 지내야 했다.

'처음인데 많고 적음이 무슨 의미가 있는가!'라며 나를 두둔했다. 돈이 필요하긴 했지만, 돈에 연연하긴 싫었다. 주어진 자리에서 내 몫을 해내는 게 최선이라 여겼다. 환자분들께 최대한 친절하려 했고 일에서도 뒤처지지 않으려고 노력했다. 생명과 직접적으로 연결된 일이니 늘 긴장한 상태로 일해야 했지만, 칭찬은 못 듣더라도 욕은 듣지 말자는 마음을 품고 임했다. 내 마음가짐과 노력을 알아주신 건지 입사한 지 한 달 뒤, 5만 원을 더 인상해 주셨다. 그뿐만이 아니다. 출산과 육아로 인해 경단녀(경력단절녀)로 지내다가 입사했던 동네 의원에서도 같은 상황이 벌어졌다. 입사한 다음 달에 5만 원이 인상되었다.

"덩치가 좋아서 느린 줄 알았는데 생각보다 빠릿빠릿하대. 빠르기도 하고, 일도 잘해줘서 더 넣었어."

웃픈 이야기였지만 칭찬이라 여기며 감사히 받았다.

그 당시만 해도 임신과 출산으로 20킬로가 늘어난 상태를 유지하던 중이라 평균적인 몸무게는 아니었다. 다만 '그렇게 크게 보이나?' 싶은 마음에 다이어트를 하기도 했다. 살도 빼고 열심히 일해보려고 했으나 어린아이들은 엄마가 필요했다. 아이들을 돌본다는 이유로 10개월 만에 동네 의원을 그만두게 되었다. 아쉬웠지만 그때는 아이들이 우선이었다.

그렇게 시간이 흘렀고, 아이들이 고학년이 되면서 다시 일할 병원을 찾기로 했다.

아이들이 자기 앞가림을 한다 싶을 때 병원을 알아보기 시작했다. 때마침 근무시간이 괜찮은 병원을 찾게 되었고, 그때 선택했던 병원이 지금 근무하고 있는 병원이다. 감사하게 지금 다니고 있는 병원에서도 근무한 지 한 달 뒤, 5만 원을 인상해 주셨다.

"면접 볼 때 덩치가 있길래 느리면 우야노 했는데 잘하데. 우리 병원 있어봐서 알잖아. 빨리 빨리 움직여야 하고 동선도 길고, 할 일도 많은 거. 생각보다 일도 잘하고. 그래서 더 넣었어."

진심으로 감사했다. 1년마다 5만 원씩 인상해 주시기로 했는데 한 달 만에 인상이라니, 감사한 마음에 불평불만하지 않고 닥치는 대로 열심히 일했다.

면접 때도 그러셨다.

"환자 많은 병원이 낫나? 환자 없는 병원이 낫나?"라며 사모님이 물으실 때, 나는 1초의 고민도 없이 환자가 많은 병원이 낫다고 했다. 하릴없이 어영부영 시간만 흘려보내며 하루를 보내는 건 내가 용납할 수 없다고 했다. 사모님이 그 질문을 던지셨던 이유를 그때는 알 수 없었다.

9월에 입사한 나는 찬 바람이 불기 시작하는 11월이 되면서 그 질문의 해답을 만나게 되었다.

환자 많은 병원

나는 어딜 가나 일복이 많은 사람이라고 불렸다. 일복도 복이라고 많은 게 좋은 것 아니냐며 오히려 큰소리를 뻥뻥 치곤했다. 구미로 취업을 나갔을 때도 휴대전화 시장이 급격한 성장 과도기를 달리고 있었기 때문에 일이 많을 수밖에 없었다. 3교대 근무였지만 잔업도 적지 않았으니까. 반복되는 삶, 무료한 공장 생활이 싫어 S 전자를 떠났지만 일을 그만둔 지한 달 만에 몸이 근질근질하기 시작했고 초등학교 동창의 소개로 S 전자 협력업체에 입사하게 되었지만, 그때도 사정은 비슷했다. 휴대전화 시장이 어마어마한 성장을 이루면서 S

전자도, 협력업체도 바쁘고 정신없는 상황이 계속되었다.

회사를 그만두고 병원 일을 시작했을 때도 마찬가지였다. 처음 근무했던 병원에서도 외래진료를 하루에 200명씩 봤다. 그 이상을 볼 때도 많았다. 정말 쉴 틈 없이 바쁠 때도 많았고 힘에 부칠 때도 있었지만 일하는 순간 내내 얼굴 한번 찡그리지 않고 즐겁게 일했다. 20대 초반의 나이었지만 하고 싶은 일, 좋아하는 일을 한다는 것만큼 행복한 일은 없다고 생각했다.

환자는 계속해서 늘어났고 차선책으로 원장님 한 분이 더 오셨다. 그분이 오시고 가장 많이 본 진료 환자 수는 337명이었다. 337 박수를 쳐야 하냐고 마감하며 웃었던 기억도 난다.

정말 바쁜 날들의 연속이었지만 젊은 혈기 때문인지, 함께 일하는 분들과의 시간이 좋았던 것인지, 힘듦 하나 없이 기쁜 마음으로 하루하루를 살아냈다. 어찌 보면 불만스러울 법도 한데 누구 하나 툴툴대던 이가 없었다. 짜증을 내거나 투덜대는 이가 있었으면 그게 더 힘들었을지도 모르겠다. 일복과 함께 인복도 많았던 나는 좋은 사람들과 함께 힘든 시간을 묵묵히 이겨내고 있었다. 그것만으로 힘든 시간을 이겨내기에 충분했다.

지금 근무하는 병원도 역시나 환자가 많았다. 얼마나 바쁜지 오전에 화장실을 못 간 날이 수두룩했다. 오죽했으면 참고 참다가 방광염에 걸린 적도 있었다. 그 사실을 알게 된 간호사 명화 선생님은 내가 "쌤~ 저 화장실…"이라고만 해도 무조건 다녀오라고 하셨다. 끊임없이 오는 환자분들 덕분에 오전 내내 물 한 모금 마실 수 없는 날도 많았다. 그런 날엔 퇴근 후, 가족 저녁을 챙겨주자마자 쓰러지듯 누워버리는 날도 부지기수였다. 힘든 날의 연속이었지만 환자가 많은 상황에서도 무언가 해드릴 수 있다는 사실에 감사했다. 그러나 감사함도 잠시, 그 이면은 슬픔이기도 했다. 그만큼 아픈 사람이 많다는 방증이기 때문에 한편으론 씁쓸했다.

내가 할 수 있는 일은 한정되어 있지만 내가 가진 능력으로, 내 힘으로 누군가에게 도움이 되길 바라며 오늘도 살아간다. 바쁨 속에서 사람을 상대한다는 게 쉬운 일은 아니지만, 그 속에는 분명 기쁨과 보람이 있다. 마냥 힘듦만 있는 게 아니기 때문에 '오늘도 감사합니다'를 되뇌며 출근길에 나선다.

포경수술이 한 달에 무려 70건!

내가 처음 근무했던 병원은 GS(일반외과)였다. 많은 수술 과목이 있었지만, 그중에 단연 1위는 포경수술이었다. 포경수술을 받는 연령대는 유아에서 성인까지 다양했다. 그중 내가 수술에 들어갔을 때는 저학년 학생일 때가 많았다. 저학년이었지만 본인도 남자라고 하며 꽤 부끄러워했다.

"간호사 선생님도 옆에 있어요?"

"당연하지! 의사 선생님 혼자 어떻게 수술하냐?"

나에게는 8살 차이 나는 남동생이 있는데 똥, 오줌을 뉘어가며 키웠기 때문에 큰 거부감은 없었지만, 오히려 학생들이 부끄러워하니 그 부분이 염려됐다. 그런 염려도 잠시, 수술대에 눕는 아이들은 하나같이 겁에 질려했다. 수술대에 눕히자마자 장난기 묻은 얼굴은 온데간데없어졌고, 무서움이 온몸을 잠식해 버린 듯한 표정으로 얼어있었다.

'나도 떨리는데 너희들은 오죽하랴?'

수술대에 누운 아이는 두 손을 깍지 긴 채 뒤통수에 두게 하고 이어서 애국가를 부르게 했다.

"왜 하필 애국가래요? 많고 많은 노래 중에?"

수술실에 함께 들어온 S 실장님께 여쭈어보았다.

"경건해지잖아."

경건함으로 무서움을 이길 수 있도록 도왔고 또 하나, 수술하면 성기가 건드려지기 때문에 발기가 안 되도록 하는 장치가 되기도 했다. 탁월한 선택이라며 고개를 끄덕였다. 슈처 세트 (suture set : 봉합을 하기 위해 준비해 두는 수술 도구 세트)를 펼쳐 소공포 (구멍이 나 있는 수술포)를 꺼내 음경만 보이게 덮어 씌었다. 소공포가 덮이면 마취가 이루어졌다.

'마취를 왜 거기다?'

이상했다. 귀두 쪽이 아닌 음경 몸통 끝부분(몸에 붙은 부분)에 마취하시는 것을 보고 의아해 여쭈어보았다.

"왜 잘라낼 포피(귀두 주변을 둘러싼 피부조직)에 마취를 안 하고 음경 몸통 끝에 마취해요?"

"피가 흐르기 때문에 위쪽에 마취해야 해."라며 설명을 더 자세히 해 주셨고 아이가 부르는 애국가가 시작되면 수술에 들어갔다. 포피의 끝과 끝을 모스키토 (집게처럼 생긴 기구)로 잡고 절개를 했다. 살을 에어 낸다는 것 자체가 충격적이었다. 이내 귀두가 나타났고 잘린 부분을 연결하면 포경수술은 끝이 났다. 잘라낸 포피는 거즈에 고이 싸졌다. 수술이 끝나면 잘린 표피는 인체 적출물 상자에 담아 냉동실에 넣었다. 이때쯤이면 아이가 부르던 애국가는 4절에 다다라있다. 보통 마취가 잘되면 일찍 끝이 났고 마취가 더디면 시간이 좀 더 걸렸다. 가끔 랩하듯 애국가를 부르는 아이가 있어서 박장대소를 한 날도 있었다.

"어허, 니 뭐하노? 천천히 불러라, 천천히."

S 실장님께서는 천천히, 제 속도대로 부르라고 아이를 타

이르셨다. 그런 아이를 바라보면 수술이 빨리 끝나길 바라는 간절함이 엿보여 안쓰럽기도 했다. 수술이 끝나면 원하는 아이에게만 종이 소주 컵을 갖다 대어주었다. 텔레비전에서만 보던 장면이 연출되었다. 다리를 쩍 벌리고 걷는 아이를 직접 목격했을 땐 웃음보다 안쓰러움이 더 컸다. 우리가 포경수술에 투입되던 시절엔 카운터를 따로 안 했다. S 실장님께서 나중에 해주신 이야기지만 수술 카운터를 하던 시절엔 하루에 70건이나 했다고 하셨다. 수술 도구를 소독하기 바빴겠다고, 수술하시느라 고생하셨겠다며 한동안 입을 다물지 못했다.

청결을 위해 하는 수술이라고 하긴 하나, 아이들이 느끼는 고통은 적지 않아 보였다.

아이들이 느끼는 고통과 무서움, 두려움이 오롯이 우리에게도 전해졌다.

'내가 아들을 낳으면 절대 이 수술은 안 시켜야지.'라며 앞선 상상을 하기도 했다.

아픈 만큼 성숙해지리라 믿는다.

히포크라테스 선서

'나라면 해낼 수 있었을까?'

나의 첫 병원 K 원장님을 뵐 때마다 대단하다는 생각뿐이었다. 200명이나 되는 환자분의 외래진료와 GS(일반외과), OS(정형외과) 수술을 하루에도 몇 건씩 해내실 때는 초인적인 힘이 아니고서는 절대 해낼 수 없는 일이라며 혀를 내둘렀다. 외래 환자가 많은 병원, 수술 환자가 많은 병원이었지만 원장님은 늘 한결같았다. 간혹 혼잣말로 "아이고, 힘들어레이~"라고 들릴 듯 말 듯한 목소리로 힘겨움을 토해내시기도 했지만, 환자에게도, 우리에게도 짜증 한 번 내시지 않았다. 나라면 힘들다고 투덜댔을 텐데 말이다. 아니, 못 하겠다고 백기를 들었을지도 모르겠다.

원장님에겐 점심시간도 따로 없었다. 간호사들은 교대로 밥을 먹고 쉬기도 했지만, 원장님은 식사만 하시고 곧장 내려오셔서 진료를 이어가셨다. 원장님의 자유시간은 대기 환자분이 없을 때, 그때뿐이었다. 그랬기 때문에 환자분들은 불만 없이 진료를 받고 가셨고 그 많은 수술도 거뜬히 해내셨던 것 같다. 다시 생각해 봐도 정말 대단하고 존경스럽다. 대단함과 존경과는 또 다르게 원장님께 감동했던 사건이 하나 있었다. 그때의 일은 아직도 내 가슴속 한편에 남아 끊이지 않는 감동을 선사한다.

한번은 연세가 지긋했던 한 할머니께서 진료를 보고 계셨다. 처음부터 진료실에 같이 들어갔던 게 아니라서 어떤 이야기가 오고 갔는지 전혀 모르는 상태였다. 내가 진료실에 들어갔을 땐 할머니의 손이 원장님 손 근처까지 뻗어져 있었다. 무슨 일인가 싶어 두 분의 대화에 귀를 쫑긋거렸다. 원장님께서는 할머니를 지그시 바라보고 계셨고 할머니께서는

"원장님만 믿습니데이~"라며 울먹이는 목소리로 같은 말씀을 반복하고 또 반복했다. 잠시 후, 원장님께서는 할머니 손 등에 손을 포개시고 다독이셨다. 생각지도 못한 원장님의 행동에 많이 놀랐고, 이후로 무슨 말을 이어가셨는지 기억에 없다.

'세상에, 진짜 따뜻하다.'

의사 선생님이라면 늘 딱딱하고 무섭다는 고정관념이 박여있었다. 내 어린 시절, 마주했던 의사 선생님들은 모두 그랬다. 그 흔한 미소 한 번 지어주는 분이 없었다. 편견이 깨지는 순간이었다.

나는 지금까지 네 곳의 병원에서 근무했고 5분의 원장님과 일을 했었다. 첫 병원에 오셨던 제2 진료실 원장님이 인수인계하실 때까지를 포함해서이다. 그분들의 공통점은 환자에게, 병에 대해서는 진심이었다는 점이다. 심각하게 고민하고, 공감하며 어쨌든 병을 낫게 해드리려는 마음이 역력해 보였다. 그 마음이 나에게까지 고스란히 전해졌다.

병원 일을 하며 또 하나 알게 된 것은 외로워서 생긴 병도 있고 사람의 관심만으로도 낫게 되는 병이 있다는 것이다. 그 마음을 우리가 알아줬을 때 환자들은 달라졌다. 일이라고만 생각했는데 그게 전부는 아니었다. 관심과 친절이 환자분에게는 위로와 위안이 되었다는 사실을 시간이 흐를수록 체감할 수 있었다. 비단 우리뿐만 아니라 원장님들의 모습에서도 느껴졌다.

'환자의 건강과 생명을 첫 번째로 생각하겠노라'라는 히포크라테스 선서처럼 늘 진심으로 염려하고 걱정하시던 모습은 나에게도 크나큰 자극이 되었다. 원장님의 말 한마디에 마음의 병을 훌훌 털어내고 돌아가시는 분을 보면 때론 감격적이기도 하다. 내가 병원 일을 하게 되는 그날까지, 혹 내가 이 일을 그만두더라도 사람에게만은 진심으로 다가갈 것이다. 멋지고 감동적이던 원장님들의 모습을 기억하며 나도 그리 살아낼 것이다. 그때로 돌아간다면 K 원장님께 꼭 전하고 싶은 이야기가 있다.

"존경합니다, 원장님!"

신장병의 주요 증상

신장병의 주요 증상은 다음과 같습니다.

1. 부종: 얼굴, 손, 발 등에서 부풀어 오름.

2. 소변 변화: 소변의 양이 줄어들거나, 색이 변하거나, 거품이 생김.

3. 피로감: 지속적인 피로와 에너지 부족.

4. 요통: 신장 부위에서의 통증.

5. 고혈압: 혈압 상승.

6. 식욕 부진: 음식에 대한 흥미 감소.

7. 구역감 및 구토: 소화 불량 증세.

이러한 증상이 나타나면 즉시 의료 전문가와 상담하는 것이 중요합니다.

신장 이상 신호

신장에 이상 신호가 나타날 경우, 여러 가지 원인이 있을 수 있습니다. 일반적인 증상으로는 부종, 요통, 소변 변화(색깔, 양, 빈도), 피로감 등이 있습니다. 이러한 증상이 나타난다면, 신장 기능을 평가하기 위해 전문의와 상담하는 것이 중요합니다. 또한, 혈액 검사나 소변 검사 등을 통해 구체적인 원인을 파악할 수 있습니다. 건강을 위해 신속한 진단과 치료가 필요합니다.

신장병의 치료 방법은 병의 종류와 진행 정도에 따라 다릅니다. 주요 치료 방법은 다음과 같습니다.

1. 약물 치료: 고혈압 조절, 당뇨 관리, 염증 완화 등을 위한 약물 사용.

2. 식이요법: 단백질, 나트륨, 칼륨 섭취 조절 및 수분 관리.

3. 혈액 투석: 신장이 제 기능을 하지 못할 경우, 혈액에서 노폐물을 제거하는 방법.

4. 복막 투석: 복막을 이용해 체내 노폐물을 제거하는 방법.

5. 신장 이식: 말기 신장병 환자에게 적합한 기증자로부터 신장을 이식하는 방법.

6. 생활 습관 개선: 규칙적인 운동, 금연, 음주 절제 등 건강한 생활 습관 유지.

신장병의 진행을 늦추고 합병증을 예방하기 위해서는 조기 진단과 지속적인 관리가 중요합니다.

동생이 신우신염에 걸린 적이 있습니다. 고열로 입원 치료까지 받았고 남성보다 여성이 이 병에 취약하다고 합니다. 물을 많이 드시고 소변을 참지 말라는 의사 선생님의 소견이 있었습니다.

신우신염은 신장과 신우(신장과 방광을 연결하는 관)의 염증을 의미하며, 주로 세균 감염에 의해 발생합니다. 주요 발병 원인은 다음과 같습니다.

발병 원인

1. 요로 감염: 방광염 등 하부 요로 감염이 신장으로 퍼지는 경우.

2. 신장 결석: 결석이 요로를 막아 감염을 유발할 수 있음.

3. 여성의 해부학적 구조: 여성은 남성보다 요도가 짧아 감염에 더 취약함.

4. 면역 저하: 당뇨병, 면역억제 상태 등으로 감염에 더 쉽게 노출됨.

(치료법)

1. 항생제: 감염을 치료하기 위한 항생제 투여. 일반적으로 7일에서 14일 정도 복용.

2. 진통제: 통증 완화 및 불편함을 줄이기 위한 진통제 사용.

3. 수분 섭취: 충분한 수분 섭취를 통해 소변을 통해 세균을 배출하는 데 도움.

4. 입원 치료: 심한 경우에는 입원이 필요할 수 있으며, 정맥 주사로 항생제를 투여.

신우신염의 증상(발열, 허리 통증, 구역질 등)이 나타날 경우, 빠른 진단과 치료가 중요합니다.

약이 된 시간

하루하루를 살다 보면 평범하기 그지없고 다람쥐 쳇바퀴 굴러가듯 반복되는 일상에 무료하기도 하고 무기력할 때가 있다. 다행히도 나의 20대는 그러지 않았다. 차안대를 한 말처럼 앞만 보며 달렸다. 욕심도 의지도 충만했다. 에너지는 주체할 수 없을 만큼 넘쳐났다. 그 에너지는 일할 때 더욱 빛을 발했다. 공장에서도, 병원에서도 일한다는 것 자체가 즐거웠다. 즐겼다는 말이 더 어울리는 삶을 살았다. 지금도 그렇지만 불만 불평이란 단어는 내 사전에 없었다.

일하는 것도 좋았지만 배우는 것은 더 좋아했다. 그래서

인지 더 다양하게 경험하지 못하고 뭐라도 더 못 배운 게 지금은 아쉬울 뿐이다.

간호조무사 공부를 하고 취업을 해보니 공부와 실전은 생각보다 달랐다. 공부가 망망대해를 바라보는 관람자 역할이라면 실전은 바닷속을 누비는 해녀가 되는 일이었다. 해녀가 되는 일은 흥미로웠고 재밌었다. 주사 놓는 감을 익히며 실력을 쌓다 보니 주사 놓는 일에 뿌듯함과 만족감이 늘어났고, 다양한 부위에 슈처(suture:봉합) 어시스트를 할 때나 드레싱(dressing) 어시스트를 할 때도 '이렇게 꿰매는구나, 이렇게 아물어가는구나'를 익히며 인체의 신비와 의료 기술의 대단함에 감탄하기도 했다. C-arm을 이용해 부러진 뼈를 맞추며 수술하는 장면은 1990년대의 기술 중에서도 앞선 기술이었기에 신기하기도 했고, 치질 수술은 하반신 마취(척추마취)를 하고 ㅅ(시옷) 자세로 엎드려 진행한다는 것도 알게 되었다. 맹장 수술은 전신마취를 하는데, 후두경(Laryngoscope)을 이용해 기관내삽관(Intubation)을 시행했다. 의학 드라마에서 응급실 장면을 보다 보면 "인투베이션! 인투베이션!"이라고 소리치는 장면을 적잖게 볼 수 있다. 입에 투명호수가 물려있는 장면이 바로 기관내삽관을 한 후의 모습이다. 기관내삽관은 심정지, 호흡 정지 또는 기도 유지가 필요한 환자에게 삽관 튜브를 기도에 삽입하는 일인데 수술 전, 인투베이션을 할 때 가장 긴장되기도 했고 두려운 과정이기도 했다. 삽입되면 빠지지 않게 주사기로 공기를 넣어 고정한 다음, 입 인두 기도 유지기(oropharyngeal airway)를 입에 물게 했다. 수술이 진행되는 과정을 모두 보고 있으면 꼭 TV 속 수술실을 누비는 듯한 착각이 일기도 했다. 수술을 마치면 안도와 함께 감사가 절로 나왔다.

수술실은 삭막하고 무거운 분위기의 연속이었지만 수술이 끝나면 수술실 옆에 있던 물리치료실을 찾거나 방사선실에 들러 수다를 떨기도 했다. 긴장을 덜어내는 그 시간은 마치 달콤한 디저트 한입을 가득 머금은 것 같은 행복을 선사해 주기도 했다. 잠깐이었지만 수다 떠는 그 시간은 힘든 하루 중 숨 쉴 구멍이었고 위로가 되어주었다.

다른 병원에 취직해 보니 일하는 부분이 조금씩 달랐다.

주사나 드레싱처럼 공통적인 부분도 있지만, 접수 프로그램이 달라서 익히기도 해야 했고, 수기 차트 보는 법을 배워야 했으며 초음파 검사를 준비하는 방법도 익혀야 했다. 처음 보게 된 위내시경 장비를 다루는 방법과 소독 방법도 배우게 됐다. 복부와 경동맥 초음파(SONO) 검사를 하실 때는 원장님 등 너머로 초음파 하는 장기를 볼 수 있었고 위내시경을 하면 식도를 지나 위장과 십이지장 입구까지 볼 수 있었다.

"식도에 하얗게 붙어있는 게 곰팡이에요. 이게 위 사진인데 저 붉은 무늬가 염증이에요."

내시경이 끝난 뒤, 환자를 불러 설명해 주시는 것을 함께 보고 들으면서 위에 있는 염증의 모양과 혹은 어떤 모습인지, 식도에 곰팡이가 껴있는 것까지 보며 다양한 위장 질환을 엿볼 수 있었다. 겪었던 모든 경험과 배움은 피가 되고 살이 되고 있었다.

원장님과 다양한 질환을 앓는 환자분의 대화를 통해 얻은 의료 지식이 간호조무사의 자질을 조금 더 갖출 수 있게 했고, 직원들과 환자들을 자주 마주하다 보니 사람과의 관계는 또 어떻게 이어 나가야 하는지 겪어가며 체득하기도 했다.

내가 보낸 수많은 시간 속에는 좋은 경험이든, 나쁜 경험이든 버릴 게 없었다. 앞만 보며 달린 나는 차곡차곡 쌓인 시간 덕분에 성장할 수 있었고 시간이 쌓일수록 인정도 받기 시작했다. 버릴 게 없던 시간은 나를 간호조무사로 당당하게 설 수 있도록 도와주었고, 인간으로서도 부끄럽지 않은 삶을 살도록 도와주었다. 모든 시간은 나에게 약이 되었다.

오픈 멤버

　원장님 한 분이 더 오게 되면서 2 진료실이 생겼다. H 원
장님은 외모도 수려하셨고 진료 스타일도 K 원장님과 달랐
다. 그 당시 할머니들의 말씀을 빌리자면 K 원장님은 시골 아
저씨 느낌이고 H 원장님은 전형적인 도시 남자였다. 뽀얀 피
부에 키도 훤칠하셨으니까. H 원장님이 오시면서 간호사들
은 돌아가며 2 진료실에 투입되었고 H 원장님을 찾는 환자분
이 늘게 되면서 서서히 자리를 잡아가고 계셨다. 두 분의 원
장님이 계시니 환자분도 늘어났지만, 진료의 질은 더 깊고 섬
세해졌다.

시간은 점차 흘렀고 입지를 다져나가시던 H 원장님께서는 어느 날, 중대 사항을 발표하셨다. 내가 근무하던 병원은 성주 읍내에 있었고 2 진료실에 계시던 H 원장님께서는 성주읍 초전면에 병원을 내기로 했다고 하셨다. 너무 축하드릴 일이었다. 축하를 나누던 기쁨도 잠시, 오픈 병원에 간호사가 한 명은 같이 가야 한다고 하셨다. 한 명과 헤어져야 한다니 괜스레 아쉽고 속상했다.

속상함도 잠시, 무슨 이유였을까? K 원장님도, H 원장님도 모두 나를 추천하셨다. 깊은 고민에 빠졌다. 오픈 병원이라니.

그곳에 가게 되면 오픈 병원이 주는 모든 것들이 부담감으로 다가올 거란 생각에 겁부터 났다. 여기에 남게 된다면 지금 있는 직원들과 재밌고, 행복하게 지낼 수 있을 거란 마음에 떠나기가 아쉬웠다. 아니, 솔직히 싫었다.

'낯선 곳으로 가서 새로운 도전을 할 것이냐, 남아서 편안함에 안주할 것이냐.'

고민에 고민이 이어졌다.

어느 날, K 원장님이 나를 조용히 부르셔서 "믿고 맡길 사람이 너밖에 없다. 부탁할게."라고 하셨다. 그때부터 마음이 혼란스러워지기 시작했다. 믿고 기댔던, 아빠 같았던 원장님이 부탁이란 말을 쓰시니 모른척하기가 힘들었다. 이러지도 저러지도 못하며 여전히 갈팡질팡하고 있을 때 H 원장님도 나를 부르셨다.

"믿음 가는 사람이 너 말고는 없다. 나랑 같이 가자. 내가 잘해 줄게."

두 원장님이 모두 그러시니 오픈 병원으로 가는 게 맞겠다는 결론을 내리기에 이르렀다. 결정을 하고 나니 믿어 주시는 만큼 잘 해내고 싶은 욕구가 점점 차오르기 시작했다. 힘든 마음을 위로해 줄 수 있을 만큼 월급도 인상해 주셨고, 기숙사도 병원 내에 있었기 때문에 기분 좋게 새 병원으로 갈 수 있었다. 마치 2호점 식당을 내는 것처럼 우리는 떨어져 나왔고 새로운 마을에서 새롭게 시작했다. 읍내에서 차로 10여 분쯤 떨어진 곳이었지만 나름 번화가에 자리하고 있었다. 병원 바로 옆에는 치과가 생겼고 길 건너편에는 마트와 은행도 있었다. 이 정도면 살기 괜찮을 것 같다는 생각이 들어 안도했다.

새 건물, 새로운 직원들과 함께 병원을 꾸려나갔다. 새롭게 시작한다는 느낌은 꽤 괜찮았다.

모든 게 설렘으로 다가왔다. 직원은 원장님과 물리치료사 선생님2분, 방사선 실장님, 간호사 2명이 전부였다. 진료 준비를 확실히 하기 위해 원래 있던 병원에서도 지원을 나와줘서 어렵지 않게 개원 준비를 할 수 있었고, 일을 시작해서도 어려움 없이 해 나갈 수 있었다.

새로운 마음, 새로운 각오를 다지며 일을 시작했다. 오픈 멤버가 되니 병원이 더 소중하게 느껴지고 애착도 생겨났다. 더 친절하게, 더 열심히, 더욱 최선을 다해 일했다.

이 고장은 참외 농사로 유명한 지역이다 보니 농사로 인해 생기는 병들도 참 많았다. 관절이 아픈 건 기본이었고, 여름이면 벌에 쏘여서 오시는 분들, 가을이면 쯔쯔가무시병으로 인해 병원을 찾는 분들도 상당했다. 농사 때문에 골병이 들었다며 오시는 어르신들을 뵈니 농사가 절대 쉬운 게 아니라는 걸 체감할 수 있었다. 굵어진 손마디, 거칠어진 손과 발, 햇살에 그을린 피부는 농부들의 노고를 한눈에 눈치챌 수 있었다. 맛있는 참외가 식탁에 올라오기까지 얼마나 많은 수고로움이 있는지 귀동냥, 눈동냥으로 아주 조금은 알 수 있었다. 농사짓는 분들이 대단해 보이고 존경스럽던 어느 날, 손이 떨릴 만큼 긴박했던 순간을 마주하게 된 사건이 발생했다.

생명이 오갔던 극한의 상황

새로운 마을, 새로운 병원에서 첫 진료가 시작됐다. 처음이란 말은 가슴을 떨리게도 하고 희망으로 두근거리게 했다. 설렘을 가득 안은 채 일을 해 나가기 시작했다. 벅찬 가슴을 안고 힘차고 활기찬 나날을 보냈으며, 내 자리에서 할 수 있는 최선을 다하며 하루하루를 채워나갔다. 병원의 시스템이 어느 정도 자리를 잡아가고 있고, 지극히 평범했던 어느 날, 평온을 깨트리는 긴박한 사건이 발생했다.

진료를 시작하고 반년 정도 지났을 때의 일이다. 벌에 쏘인 할아버님 한 분이 병원을 찾아오셨다. 땀에 흠뻑 젖어 있던 갈색 체크무늬 와이셔츠를 걷어 올리시며 벌에 쏘인 곳을 보여주셨고, 혹시 모르니 더 찾아보라던 원장님 말씀대로 옷을 걷고 찾아봤더니 엉덩이와 등 사이에 벌 두 마리가 더 붙어있었다. 무서웠지만 에디든 포셉 (핀셋처럼 생긴 의료 기구)을 이용해 조심히 제거해 드렸다. 원장님의 오더대로 엉덩이에 주사를 드렸고, 아버님을 잠시 지켜봐야 한다는 원장님 말씀에 따라 물리치료실 침대로 안내해 드렸다. 아무 일 없었다는 듯 아버님은 물리치료실로 들어가셨고 몇 분 뒤, 물리치료실 실장님께서 헐레벌떡 뛰쳐나오셨다.

"아버님 의식이 점점 없어지시는 것 같아요. 빨리 와주세요."

원장님께 말씀드리고 얼른 뛰어갔다. 호흡곤란과 함께 의식이 점점 흐릿해지고 계셨다. 긴급상황을 인지한 원장님은 "에피(에피네프린(epinephrine)) 0.3 놓고 라인 잡아!"라고 말씀하셨고, 말씀이 떨어지자마자 일사불란하게 움직였다. 1분 안에 모든 걸 했던 것 같다. 원장님이 놓으라는 대로 에피네프린 주사를 놓고 수액을 달았다. 아버지는 점차 의식을 회복

하셨고 수액을 다 맞고 나신 후 한결 편안해진 모습으로 병원 문을 나가셨다.

아버님은 말로만 듣던 아나필락시스 쇼크였다. 알레르기 반응의 일종인데 알레르기 반응을 일으키는 물질에 노출되면 30분 이내 증상이 나타난다. 대표적인 증상이 호흡곤란, 발진, 부종, 구토, 복통 등이 있는데 아버님은 호흡이 안 되셨고 이때 사용한 약물이 에피네프린이었다. 히스타민에 대한 과민반응이 일어나 혈관이 과도하게 확장되고 혈압이 낮아져 사망에 이를 수 있는 무서운 상황이었기에 그 약이 꼭 필요했다. 참외로 유명한 지역이다 보니 벌에 쏘이는 사고가 잦았다. 에피네프린은 병원의 상비약이었다. 혈압을 올리고 호흡이 안정되게 하는 이 약으로 사람을 살리는 모습을 직접 경험하고 나니 약의 대단함과 소중함이 절실히 와닿았다.

그 순간은 정말 숨 막힐 정도로 긴박했고 손이 벌벌 떨릴 만큼 무서웠다. 물리치료실 선생님들도, 간호사들도, 모두가 그야말로 혼비백산이었다. 아버님이 집으로 돌아가신 후에도 모두가 놀란 가슴을 쓸어내리느라 한참을 동동거렸다. 예전 병원에서도 수술 중에 에피네프린 주사를 쓴 적이 있지만 긴박한 순간은 겪어도 겪어도 적응이 되질 않는다. 만일 그때, 아버님이 진료 후 바로 집으로 가셨다면 가는 도중에 큰일이 일어났을 수도 있었다는 원장님의 말씀에 그나마 병원에서 그랬던 게 천만다행이라며 안도의 한숨을 연신 내쉬었다.

"큰일 날 뻔했네. 다행이다, 정말."

모두가 합창하듯 다행을 외쳤다. 낮에 일어났던 일임에도 불구하고 퇴근 후 기숙사로 들어온 우리는 쉬이 진정이 안 돼서 한참을 주저앉아 있었다. 생명이 오갔던 극한의 상황은 우리를 어지럽고 고통스럽게 했다. 우리를 혼란스럽게 만든 사건이 잊힐 때쯤, 여름은 사라지고 가을이 성큼 다가왔다. 여름엔 벌에 쏘여서 오시는 분들이 많았지만, 가을이 되니 또 다른 병이 극성이었다. 철마다 다양한 병이 나타났고, 점차 무서워지기 시작했다.

===== 혈압

혈압은 혈액이 혈관 벽에 미치는 압력을 말하며, 주로 수축기 혈압(심장이 수축할 때의 압력)과 이완기 혈압(심장이 이완할 때의 압력)으로 나뉩니다. 정상 혈압은 일반적으로 수축기 120mmHg, 이완기 80mmHg 이하로 정의됩니다.

높은 혈압(고혈압)은 심혈관 질환, 뇌졸중 등의 위험 요소가 되며, 생활 습관 개선(식이요법, 운동, 스트레스 관리)이 중요합니다. 반면, 낮은 혈압(저혈압)은 어지럼증이나 피로감을 유발할 수 있습니다. 정기적인 혈압 측정이 건강 관리에 필수적입니다.

혈압을 측정할 때 참고하실 몇 가지를 알려드리자면 측정하기 전, 5분 이상 충분히 쉬었다 측정하시고 수면이 부족하거나 카페인 섭취, 흡연, 컨디션에 따라 수치에 영향을 미치게

됩니다.

 일시적으로 높다고 약을 처방하지 않으니 최소 1~2주 동안
같은 시간, 편안한 상태로 측정해 기록으로 남기셨다가 병원
에 내원하실 때 꼭 의사 선생님께 보여드리면 됩니다.
 정상 수치에서 +- 20 정도는 별문제가 없으니 염려하지 않
으셔도 됩니다.

벗어야 알 수 있는 병

가을철, 유난히도 열이 나는 환자가 많았다.

'한겨울도 아닌데 열이 이렇게 날 수 있나? 무슨 이유지?'

성주 읍내 병원에 있을 때도 이런 경우는 흔치 않았다. H 원장님은 가을철에 열나는 환자를 마주하면 농사를 짓는지, 밭에 다녀온 적은 없는지, 풀숲을 거닌 적은 없는지, 혹 성묘를 다녀온 적은 없었는지를 묻고 그렇다는 대답을 들은 환자에게만 온몸을 수색시키셨다. 남자분일 경우는 방사선 실장님을 불러서 온몸을 구석구석 살피게 하셨고 여자분일 경우는 간호사들이 주사실에서 온몸을 살폈다. 아니나 다를

까 열나는 분 중 열에 아홉은 몸에서 검은 딱지를 발견할 수 있었다.

바로 '쯔쯔가무시병'이었다.

진드기 유충에 물려 점 같은 딱지가 앉고 열과 두통이 있어서 마치 증상은 감기와 유사했지만 붉은 피부 발진이 생긴다는 특징이 있었다. 열이 나고 피부가 붉어지기 전까지 잠복기가 있어서 기억을 잘 못하시는 분들도 계셨지만 "몸 어딘가에 딱지가 있느냐"라는 질문에 딱지가 있다고 답하는 분들이 꼭 있었다. 일정한 곳을 무는 게 아니라서 딱지를 찾는 건, 마치 어린 시절에 했던 보물 찾기를 하는 것만 같았다. 정말 다양한 곳에 물리지만 찾기 힘들었던 곳, 두 군데가 있었다. 분명 증상은 쯔쯔가무시병이었다.

얼굴에 붉은 반점과 열이 있었고 온몸이 아프다고 호소하시던 40대 여성분이 오셨는데 무조건 딱지를 찾아야 했다. 주사실로 모시고 가 옷을 벗겼다. 속옷만 남긴 채로 온몸을 샅샅이 뒤지고 살폈다. 심지어 머릿밑까지 살폈다. 진료 대기 시간이 좀 길어지더라도 살피고 또 살폈다. 그러다 결국 찾은 곳이 유두였다. 브래지어를 맨 마지막에 벗겼는데 유두에 딱지가 있었다. 기가 막히고 어이가 없어서 환자분과 나는 서로 마주 보며 헛웃음을 지었다.

"유두에 있어요. 원장님!"

"그거 봐, 무조건 있다니까!"

원장님의 확신이 맞아떨어지는 순간이었다. 그분은 다행스럽게도 딱지를 찾게 되어 쯔쯔가무시병 치료를 받게 되셨다.

또 한 분은 할아버님이셨는데 방사선 실장님께서 아무리 찾아도 보이질 않는다고 하셨다. 마지막으로 한 번만 더 찾아보자며 찾아본 곳이 항문 주름 안이었다. 진드기 유충은 장소를 불문하고 무는 못된 벌레였다. 할아버지는 욕을 한 바가지 부어내셨다. 다행히 그 할아버지도 제대로 치료를 받으실 수 있게 됐다.

작년에 만났던 환자분 중에도 쯔쯔가무시병에 걸린 분이 몇 분 계셨는데 정말 안타까웠다. 여러 병원을 거쳐 왔는데 쯔쯔가무시병을 모두 놓쳤다. 피부 치료만 받기도 하고, 열 나는 것만 치료를 받았다고 하셨다. 일주일 동안 고생만 하시다가 우리 병원을 찾아오신 거다.

바지를 내리자마자 허벅지 안쪽에 커다란 딱지를 발견했다. 전원주택에 사셔서 잔디를 가꾼 게 전부라고 하셨지만, 딱지를 가리키며 "엄마! 여기 있네요. 이 딱지가 물린 흔적이에요. 이것 때문에 얼굴도 붉어진 거고요."라고 말씀드렸다.

또 한 아버지는 밭에 갔다가 진드기 유충에 물려 팔뚝에 딱지가 생겨있었는데 딱지가 있다는 이야기를 나중에 하시는 바람에 치료가 늦어진 일도 있었다. 사례가 정말 다양하지만, 가을철에 열과 발진, 딱지가 있다면 무조건 쯔쯔가무시병을 의심해야 한다. 벗겨야 찾을 수 있는 병이고, 알려야 도와줄 수 있는 병이다. 그래야 쯔쯔가무시병으로 고생하지 않고 빨리 회복할 수 있다. 이래서 병을 알리고 자랑하라고 했나 보다. 가을이 지나면 괜스레 안도하게 된다. 감기로 오해하기 딱 좋은 병이라 가을철엔 꼭 유의하셨으면 좋겠고, 그래서 쯔쯔가무시병으로 고생하는 분들이 적었으면 좋겠다.

기록의 힘

'기록이란 거…. 정말 대단한 것 같아.'

나는 종이 차트를 쓰는 병원에서 근무 중이다. 컴퓨터로 1차 접수를 하고 접수 번호에 따라 종이 차트를 찾는다. 종이 차트에는 환자의 모든 진료기록이 남아있다. 인적 사항부터 병원에 내원하면 제일 먼저 체크하는 체온, 혈압, 혈당 수치는 물론 환자의 상태와 증상, 원장님의 처방이 고스란히 적혀있다. 지금 내가 일하는 병원은 개원한 지 20년이 넘은 병원이라 이곳을 오래 다니신 분들은 차트가 책 두께만 하다. 되짚어보면 이 모든 게 그분의 역사구나 싶어 놀랍기도 하다. 요즘처럼 전자기기가 활성화된 시대에 종이 차트를 쓰는 병원이 몇이나 될까? 전자 차트로 모든 게 바뀌고 있고 대부분 그리 쓰고 있다. 내가 간호조무사가 되고 제일 처음 근무했던 병원에서도 전자 차트와 종이 차트를 함께 썼지만, 종이 차트는 입원 환자들에게만 사용했다. 타닥타닥 키보드를 두드려 이름 석 자를 넣으면 인적 사항부터 처방된 목록은 쉽게 찾을 수 있다. 그게 전부지 더는 알 수 없다. 반면, 종이 차트에는 모든 게 남아있다.

환자분의 상태를 한눈에 파악할 수 있고, 지금까지 어떤 병으로, 어떤 검사와 처치 방법, 어떤 처방이 내려졌는지 속속들이 알 수 있다. 약을 증량했던지, 어떤 시술, 수술을 받았었는지, 환자분의 진료 역사가 모두 담겨있다 해도 과언이 아닐 만큼 가득 차 있다. 원장님도 마찬가지겠지만 일하는 우리에게도 훨씬 도움이 된다. 말로 듣고 흘려보내거나 듣지 못하게 되는, 혹은 잘못 듣는 오더가 있으면 의료사고의 여지가 있지만, 기록은 눈으로 다시 한번 확인할 수 있으니 믿음도 가고, 바쁜 상황일 때는 원장님 오더를 직접 찾아보고 확인할 수 있으니 일의 능률도 높아지고, 일하기도 한결 수월해진다.

　2년 전, 병원 근무를 하다가 잠시 쉬게 되었는데 다시 출근하게 되면서 종이 차트를 만나게 됐다. 오랜만에 보는 원장님 차팅이 낯설었지만, 시간이 흐를수록 원장님의 오더가 눈에 확실히 들어왔다. 이제 낯설지도 않다. 일하면 할수록 기록이 가진 힘이 대단하다는 것을 또 한 번 피부로 느낀다. 기록의 힘을 느끼는 건 차트뿐만이 아니다. 우리 간호부는 주사제도 빠짐없이 기록한다. 수액, 독감, 골다공증 주사, 비타민D 주사, 호르몬주사, 여러 가지 예방접종 등 일반 주사제를 제외한 모든 항목을 빠짐없이 기록하고 있다. 이것 말고도 기록하는 공책이 수없이 많다. 골다공증 주사나 비타민D처럼 주기적으로 주사를 맞는 분들을 챙겨드리기 위해 또 다른 기록을 하고 있으며 심지어 카드 결제 영수증까지 기록한다. 기록할 수 있는 건 전부 하는 듯하다. 처음엔 기록하는 일이 손에 익지 않아 불편하기도 했고, 헷갈리기도 했다. '왜? 굳이?'라는 생각들로 의문이 가득했던 날도 많았다. 이제는 안다. 기록만큼 큰 힘을 가진 것이 없다는 걸. 기록이 데이터가 되고 그 데이터로 많은 걸 통찰할 수 있다는 사실이 참 위

대해 보인다.

때마침, 며칠 전 '기록이 쌓이면 뭐든 된다'라는 말을 접하게 되었다. 그 와중에 종이 차트가 가진 힘과 매력을 느꼈고 이내 내 가슴은 요동쳤다. 바로 그날, 노트와 쓰기 좋은 펜을 구매해 필사와 감사 일기를 제대로 다시 쓰기 시작했다. 종이 차트 덕분에 동기부여가 됐고 내 삶을 기록으로 남겨보고 싶은 마음이 자라나기 시작했다. 그날부터 욕심과 거품은 빼고 솔직 담백하게, 꾸준히 써 내려가고 있다. 그냥 쓰기보다는 오늘에 집중하며, 기억하고 싶고 남기고 싶은 건 모두 기록하고 있다. 가슴이 뛴다. 벅차오른다.

종이 차트가 환자의 역사라면 나는 나만의 역사를 노트에 만들어가고 있다.

노트를 채우고 채우다 보면 나만의 노트가 쌓여갈 테고 쌓인 노트로 인해 변화될 내 삶이 기대되기도 한다. 그러기에 오늘, 단 한 줄이라도 더 쓰려고 한다. 기록의 힘을 느꼈고 실천했던 날이라고 오늘 또 한 줄 끄적여본다. 오늘따라 펜이 더 들고 싶다. 쓰는 인생으로 변하는 내가, 내 삶이 참으로 좋고 참으로 소중하다.

저혈압 쇼크

"할배요, 할배요!!!"

사모님 목소리에 웅성거리던 대기실이 한순간에 고요해졌다.

혈관주사를 맞고 침대에 앉으셨는데 어지럽다며 다시 몸을 뉘셨다. 제대로 눕지 못하는 게 이상해 일단 원장님께 할아버지의 상태를 보고했다. 우리가 놔 드리는 주사 중에 어지러운 주사도 있어서 별일 아니라 생각하고 복귀했고 잠시 뒤, 할아버님이 걸어 나오셨다. 더딘 걸음걸이였지만 혼자 걸어 나오셨고 아무렇지 않아 다행이라는 눈빛으로 할아버지를 바라봤다. 걷는 게 힘에 부치셨는지 진료실 앞 의자에 털썩 주저앉으셨다. 잠시지만 너무 굳은 자세로 앉아계시길래 이상하다 싶어 다가갔더니 할아버지는 순식간에 굳어가고 있었고 눈동자는 초점을 잃어가는 듯했다. 옆에 계신 엄마는 너무나도 태연하게 괜찮다고 하셨지만, 할아버지의 상태는 생각보다 심각해 보였다. 할아버지의 상태를 원장님과 사모님께 전달했고 이내 달려온 사모님은 어깨와 볼을 두드리며 할아버지 의식을 살폈다.

"할배요, 할배요!!! 정신 차려보소, 할배요!!!"

곧바로 할아버지를 눕히고 원장님은 구강호흡을 실시하셨고 사모님은 심폐소생술을 시작했다.

숫자를 외치며 흉부 압박을 이어가셨고 병원 안에 있는 모든 눈은 할아버지를 향해있었다. 오로지 할아버지 의식이 돌아오기만을 바랐다. 다리 쪽에 서 있던 나도 무언가를 해야 할 것 같아 다리만 연신 주물렀다. 너무 긴박했던 나머지 119에 연락을 했고, 구급대가 도착할 때쯤 할아버지는 의식이 돌아왔다. 큰 병원으로 가보라고 했는데도 어찌나 완강하시던지 가기 싫다며 손사래를 치셨다.

119 구조대원님들도 본인이 원치 않으시면 모시고 갈 수 없다고 하셨다. 할아버지를 한참 설득했지만 굳건하시더니 아들과 통화를 하고 나자 순순히 큰 병원으로 가셨다.

대기실엔 감기와 독감 환자들로 북적이던 상태였고 다들 놀라신 눈치였다. 가슴을 쓸어내리던 분, 무슨 일 있었냐고 되묻는 분들로 인해 병원은 잠시 시끌벅적했다.

할아버지는 119 구급대가 오기 전 급작스레 저혈압이 왔다. 집에서도 종종 기절한다며 대수롭지 않게 여기시던 엄마의 모습이 꽤 충격적이었다. 혹여 아무런 조치를 할 수 없는 곳에서 이런 일이 발생했더라면 어찌 됐을까 하는 생각에 고개가 절레절레 저어졌다. 병원에 근무하며 생명의 고비를 넘기는 일들을 간혹 마주했지만, 이번만큼 무섭고 떨린 적은 없었던 것 같다. 할아버지의 흐려지는 눈빛과 의식을 내가 먼저 발견했기 때문일까.

며칠 뒤, 할아버지는 겸연쩍어하는 얼굴을 하며 병원에 오셨다.

"게안으세요? 큰나는 줄 알았잖아요."

"그때 가슴을 얼마나 눌렀는지 아파서 약 받으러 왔니더."

다행히 할아버지는 아무렇지 않다고 하셨다. 웃으시며 이야기를 하시는 모습을 뵈니 이제야 염려가 녹아내린다.

해프닝으로 끝이 났지만, 할아버지 덕분에 건강에 대한 경각심이 다시 솟아나기 시작했다. 건강은 건강할 때 지켜야지. 오늘부터 나를 더욱 사랑하고 아껴야겠다.

구멍 난 양말 세 켤레

퇴근 후 집에 들어서자마자 기분이 상했다. 바닥에 떨어진 밥풀을 밟아버린 모양이다. 지칠 대로 지쳐버린 상태로 집에 들어왔는데 발바닥이 끈적끈적하니 남아있던 에너지마저 탈탈 털리는 기분이었다. 기운이 없으니 아이들에게 잔소리할 힘조차 남아있지 않았다. 천근만근인 다리를 들어 발바닥을 보니 밥풀을 밟은 게 아니라 백 원짜리 동전 크기만 한 구멍이 나 있었다. 찌그러졌던 미간이 슬며시 펴지고 있었다.

'무슨 일이래? 양말에 구멍이 다 나 있노? 헐값에 산 양말이라 그런가? 애먼 애들만 잡을 뻔했네.'

싼 양말을 탓하며 쓰레기통으로 미련 없이 던져버렸다.

무슨 일인지 다음 날도, 다음다음 날에도 양말 바닥에는 동전만 한 구멍이 나 있었다. 그제야 이건 양말에 문제가 있는 게 아니라는 생각이 스쳤다. 스마트워치를 보니 만 오천 보를 넘게 걸었다. 2만 보를 넘긴 날도 있었다. 많이 움직인 데다가 내 몸무게까지 더해져서 양말이 못 견딘 듯했다.

내가 일하는 병원은 겨울철에 유독 더 바쁘고 정신이 없다. 끊이지 않는 감기 환자와 독감 환자, 예방접종 환자들로 발 디딜 틈이 없다. 그야말로 인산인해다. 그뿐만 아니라 매달 정기적으로 약을 타러 오시는 분들도 많고 피부질환, 장염 등 다양한 질병으로 오시는 분들이 많다 보니 환자분의 수만큼 내 움직임도 많아질 수밖에 없다. 거기에 연말이 되면서 건강검진을 받으러 오시는 분들까지 몰리다 보니 더욱 정신이 없다. 바쁘다고 느낄 여가도 없이 온종일을 뛰어다녔다. 발바닥에 불이 난다는 느낌을 고스란히 받았던 사흘 동안 내 양말은 결국 그렇게 희생되었다. 버려진 양말은 하나도 아깝지 않았다. 다만 양말에 구멍이 난지도 모르고 일했던 나를 위로해 주고 싶고, 응원해 주고 싶었다.

'오늘도 최선을 다했잖아, 수고했어.'라고 토닥이며 내 어깨를 감싸안는다. 퇴근 후 발을 씻을 때도 '고생했어.'라고 말해주며 발을 어루만져 주었다. 알코올 솜을 많이 만져 갈라진 손가락도, 주사 놓느라 애쓴 손에도 크림을 잔뜩 발라주었다. 내일도, 모레도 아픈 분들을 위해, 내 손길이 필요한 분들을 위해 움직여야 한다. 양말이 그 지경이 될 때까지 열심히 뛰어다니며 일했지만 그런 상황일지라도 나는 바쁠 때가 좋았다. 내가 살아있음을 느낄 수 있는 강력한 순간이었기 때문이다. 양말이 뚫릴 만큼 힘든 순간도 있었지만 내가 진심으로 다가간 만큼 진심으로 대해 주시는 분들 덕분에 웃으며 일할 수 있었다. 주사를 놓고 돌아서는 손에 젤리와 사탕을 쥐여주시는 마음뿐만 아니라 고생했다고 건네주시는 말 한마디가 꿀보다 달콤해 힘이 절로 났다. 환자분들이 건네는 달콤한 마음 덕분에 구멍 난 양말은 아무것도 아닌 게 되었다. 양말보다 더 귀한 엄마, 아버지들의 마음을 받은 것만으로도 나는 이미 모든 걸 받은 것처럼 충분했다. 힘들어도 버티게 해 주는 마음 덕분에 나는 오늘도 오뚝이처럼 일어나 오늘을 살아갈 힘을 얻는다. 그렇게 하루를 감사히 살아간다.

~~~~~~ 우울증
~~~~~~

우울증은 지속적인 슬픔과 무기력감, 흥미 상실 등을 특징
으로 하는 정신 질환입니다. 개인의 일상생활에 심각한 영향
을 미칠 수 있습니다. 주요 증상으로는 기분 저하, 피로, 수면
문제(불면증 또는 과다수면), 식욕 변화, 집중력 저하, 자살 생
각 등이 있습니다.

우울증은 적절한 치료와 관리로 증상을 완화할 수 있으며, 조
기 발견이 중요합니다. 주변의 지지와 이해도 큰 도움이 됩니다.

우울증의 원인은 유전적, 생화학적, 환경적 요인이 복합적으
로 작용하며, 남녀노소 모두에게 발생할 수 있습니다.

치료 방법

- 약물 치료(항우울제)

- 심리치료(인지행동치료, 상담 등)

- 생활 습관 개선(규칙적인 운동, 건강한 식습관)

하루아침에 되는 일은 없다

"간호사요, 여 좀 와보소, 환자가 부른다."

부르는 아버님을 향해 곧장 뛰어갔다. 문을 열고 나가자마자 깜짝 놀랐다. 병원 뒷문 쪽 길에 아버님 한 분이 대자로 누워계셨다. 비상 상황이라는 생각이 들자 등줄기가 뜨뜻해졌다. 마스크를 하고 모자까지 눌러쓰서서 누군지 분간할 수가 없었다. 풍채가 좋다는 것 말고는 신분을 확인할 방법이 없었다.

"괜찮으세요? 어디 안 다치셨어요? 어쩌다 이래 누워계셔요?"

의식을 확인하기 위해 끊임없이 질문을 해댔다. 다행히

대답은 하셨지만, 전혀 몸을 가누지 못하셨다. 병원에 들어오려다 계단에서 뒤로 넘어지셨다고 했다. 넘어지며 뒤통수를 받았다는 말에 갑자기 걱정이 밀려왔다. 발목에 힘이 들어가지 않는 듯해 걱정은 눈덩이처럼 커져 버렸다. 골절이 의심됐지만 아무렇지 않다는 아버지 말에 다른 선생님과 함께 부축하려 했으나 꿈쩍도 하지 않았다. 왼쪽 다리에 힘이 풀려서 일어나지 못하셨다. 곧 터질듯한 배까지 한몫하다 보니 이러지도 저러지도 못하고 누워있게 되셨다. 휴대전화에 저장된 '마누라'는 전화를 받지 않으셨고 아버님 입에서는 육두문자가 남발했다. 내 몸을 내 맘대로 못 하는 그 상황이 이해도 됐지만 답답함도 밀려왔다. 이러지도 저러지도 못하는 상황, 그야말로 진퇴양난이었다. 우리도 더는 어쩔 방도가 없다 보니 119에 신고를 했고 잠시 뒤 오신 119 대원님들이 아버님을 겨우 일으켜 세웠다. 아버님은 영양제를 맞고 싶어서 왔다고 하셨지만 119가 모시고 가는 병원에서는 수액을 놔드리지 않는다고 했다. 한참 대화가 이어지고 결국엔 119를 돌려보냈다. 아버님은 우리 병원에 남으셨지만, 원장님의 권유로 다시 큰 병원으로 가시게 됐다. 영양제가 중요한 게 아니라 다리에 힘이 안 들어가는 게 더 문제라며 회유하셨다.

아버님이 가시고도 한참 동안 진정이 안 됐다. '내 몸을 못 가눌 정도로 살이 찌면 안 되겠다. 의사 선생님께서 이야기하시면 고집부리지 말고 경청하는 사람이 되어야겠다.'라는 다짐을 되새기며 일에 집중하려 애썼다.

나는 지난해 8월부터 6개월 동안 16킬로를 감량했다. 고지혈증 약을 먹게 된 게 계기가 됐지만 잠시 한 눈만 팔면 살이 야금야금 쪄 있었다. 지인의 건강 강의를 듣고 '이거다!' 싶어 운동과 식단을 시작했고 그 결과로 콜레스테롤 수치가 떨어져 약도 끊게 되고 몸도 가벼워졌다. 옷 치수가 줄어든 것도 기뻤지만 환자분들이 많이 알아봐 주시고 많이들 놀라셨다. 칭찬은 고래도 춤추게 한다고 했던가. 칭찬과 부러움을 받다 보니 다이어트에 더 열심을 내게 된다. 수많은 다이어트를 해왔고 늘 요요로 고생했지만, 하루아침에 이루어지는 일은 없다는 걸 새삼 깨닫는 요즘이다. 오늘 오셨던 아버님 덕분에 마음을 다시 한번 다잡게 됐다. 세상에서 가장 힘든 건

뭐니 뭐니 해도 다이어트 같다. 잠시만 방심하면 살찌는 것은 순간이다. 그걸 알기에 비만인들도 이해가 된다. 그렇다고 나를 놔버리지만 말자. 내가 나를 조금만 더 사랑해 주면 된다. 하루아침에 이루어지는 건 아무것도 없다. 그저 하루하루 나를 조금 더 아껴주고 보듬어주며 쌓아가자. 그러다 보면 진정으로 웃는 날이 올 것이다. 먼 훗날 웃는 자가 되어야 하진 않을까.

'나는 반딧불'을 부른 황가람이라는 가수가 유퀴즈란 프로그램에 나와 해준 말이 떠오른다.

"너무 오래 걸리니까 한 번에 잘 되려 하지 말고, 가치 있는 일은 빨리 되는 게 아니니까 더 열심히 했으면 좋겠다."

비단 일에서뿐만 아니라 건강에서도 통하는 이야기다. 하루 잘한다고 해서 건강이 좋아지는 게 아니니 욕심내지 말고 내 몸을 소중히 하고 잘 챙겨주다 보면 건강은 알아서 따라오는 선물이 될 거라 믿어 의심치 않는다. 소중한 내 몸을 위해 나는 오늘도 운동화 끈을 질끈 묶어 본다.

3장

공감, 그리고 공감

껌 네 통을 사 오시던 할아버지

병원에 오실 때마다 껌 4통을 사 들고 오셨던 할아버지가
계셨다. 검은 머리카락과 흰 머리카락이 반반인 곱슬머리에
금테안경을 끼고 계셨던 할아버지는 늘 정장 차림으로 병원
에 오셨다. 병원에 오시는 날이면 수부(접수대)에서 만나는 간
호사마다 껌을 한 통씩 건네주셨다.

"박 간호사, 아침은 먹었어?"라며 간호사마다 성을 붙여
가며 불러주셨고 껌을 건네시면서 눈을 꼭 맞추셨다. 팔짱
을 낀 채로 수부(접수대)에 엎드리듯 기대어 우리와 눈 맞춤을
시도하셨고, 간간이 대화도 나누었다. 바쁠 때도, 조용할 때

도 할아버지의 자리는 늘 수부(접수대) 앞이었다. 대기실이 조용할 때는 가끔 감사하다는 인사와 더불어 할아버지의 안부를 여쭙기도 했다. 대화가 오고 가면서 할아버지가 홀로 지내신다는 걸 알게 되었다. 단정하게 잘 차려입고 깔끔하게 다니셔서 혼자 지내시는지 전혀 몰랐다. 그래서였을까? 아니면 기분 탓이었을까? 가끔 할아버지의 대답은 왠지 무겁고 쓸쓸해 보였다. 때로는 더 이야기하고 싶어 하는 모습도 엿보였다. 우리는 환자가 있는 한 계속 일을 해야 하니 할아버지 말동무를 해드릴 수는 있는 날은 점차 줄어들기 시작했다. 급하게 돌아서야 할 때는 괜스레 죄송한 마음이 들기도 했다. 진료가 시작되면 아쉬움을 안은 채 돌아서는 할아버지의 쓸쓸한 뒷모습을 종종 보게 되었다. 그 모습을 보기라도 하는 날이면 온종일 마음이 무거웠고 시큰거렸다. 그때는 몰랐다. 그냥 올 때마다 껌을 사주시는, 붙임성 좋은 할아버지라고만 생각했다. 지금에서야 되돌아보니 무척이나 외로우셨던 것 같다. 서슴없이 대해주던 우리가 고맙고 손녀 같아서 이뻐해 주신 것 같은데 그때는 전혀 눈치를 못 챘던 게 죄송스럽기까지 하다. 지금도 가끔 비슷한 할아버지를 뵈면 그 할아버지가 생각난다. 수부에 팔을 걸친 채 대화를 나누던 그 모습이 아직도 눈앞에 아른거린다. 좀 더 따뜻하게 받아드릴걸, 좀 더 대화해드릴걸, 나도 할아버지께 뭐 하나 드려볼걸, 아쉬움과 후회만 남는다.

지금은 그 할아버지를 다시 볼 수도 없다. 찾아갈 수도 없다.

그 시절, 80대였던 할아버지는 아직도 그 마을에 계시는지, 아니면 돌아올 수 없는 먼 곳으로 소풍을 떠나셨는지 알 길이 없다. 내가 지금 할 수 있는 건 나에게 주어진 오늘 안에서 환자분들에게 조금 더 귀를 기울이고 조금 더 공감해드리는 것뿐이다. 먼 훗날, 지금 같은 아쉬움과 후회가 남지 않도록 귀를 열고 마음을 열어야겠다. 내가 할 수 있는 최선은 이게 전부니까.

암 걸린 남편, 치매 앓는 시어머니

편한 차림에 중절모를 쓰고 오셔서 조금은 남다르다고 생각했던 분이 있었다. 뼈밖에 안 남은 앙상한 몰골의 아버지셨고 그런 아버지를 늘 부축하듯 힘들게 모시고 오던 엄마가 계셨다. (나는 병원에 오시는 어르신들을 보고 엄마, 아빠라고 부른다)

이 엄마가 병원을 오시는 경우는 아버지께서 항암 치료를 받은 후 기력이 없거나 아버지가 감기에 걸렸을 때가 전부였다.

처음에 아버지 상태를 몰랐을 때는 너무 말랐다고만 생각했는데 나중에 엄마가 귀띔해주셔서 아버지를 조금 더 이해할 수 있었다. 아버지는 항암 치료 중이셨고 불치병까지 더

해져 머리카락이며 눈썹, 속눈썹까지 싹 다 빠져버려서 몸에 있어야 할 털은 한 올도 남아있지 않다고 하셨다. 피부도 마른 논바닥처럼 갈라지고 뿌옇게 다 떠서 형편없다며 속상해 하셨다. 그렇게 아버지만을 위해 병원을 찾던 엄마가 하루는 씩씩대며 병원을 찾으셨다. 몸이 아파서 수액을 한 대 맞고 싶다고 하셨다.

원장님 오더대로 수액을 준비해 엄마께로 갔더니 울분을 토하셨다.

"암에 걸린 신랑 뒷바라지해도 아무 소용없다. 치매 걸린 시어머니까지 모시려니 내가 먼저 죽겠다. 나라도 살라고 왔다. 진짜 못 해 먹겠다."

내가 해드릴 수 있는 말은 아무것도 없었다. 그저 들어드리는 것 말고는 할 수 있는 게 없었다. 주사 놓은 팔을 조용히 잡아드리는 정도로 나만의 위로를 건넸다.

"신랑은 아프다고 징징대지, 시어머니는 똥인지 된장인지 구분도 못 하지, 내가 몸이 서너 개가 되나? 나부터 살란다. 다 필요 없다."

신랑이 암에 걸려 투병한 지도 오래됐고, 치매 걸린 시어머니를 모신지도 오래됐다고 하시는 엄마의 목소리는 한껏 격앙되어 떨리고 있었다. 얼마나 힘드셨으면 다 내팽개치고 병원으로 피신을 오신 걸까. 그 마음을 짐작하기 어려웠다. 수액을 맞는 시간만큼이라도 당신에게 쉼을 주고 싶었던 건 아니었을까? 70세를 훌쩍 넘긴 엄마가 무슨 힘이 있었을까?

내가 해드릴 수 있는 건 엄마가 토해내는 울분을 들어드리는 것뿐이었다. 수액을 맞고 누워계신 엄마가 안쓰러워 이불을 목까지 끌어당겨 덮어드렸다. 수액을 맞는 동안이라도 무거운 짐을 내려놓으셨으면 해서 수액이 떨어지는 속도를 느리게 낮춰드렸다. 내가 해드릴 수 있는 최선이자 최고의 위로였다.

수액을 다 맞고 돌아가시는 엄마의 뒷모습은 역시나 힘겨워 보였다. 그런 뒷모습을 보며 응원을 보냈다.

'누구보다 엄마가 먼저예요. 엄마부터 꼭 챙기세요. 힘내세요, 엄마!'

내 응원이 엄마에게 가서 닿기를 바라고 바랐다.

암

암은 비정상 세포가 무제한으로 성장하고 분열하여 조직을 침범하는 질환입니다. 주요 유형으로는 유방암, 폐암, 대장암, 전립선암 등이 있으며, 각기 다른 원인과 위험 요인이 있습니다.

주요 원인

- 유전적 요인
- 환경적 요인(흡연, 방사선, 화학물질)
- 생활 습관(비만, 식습관, 운동 부족)

증상

- 종양의 위치에 따라 다르며, 일반적인 증상으로는 체중 감소, 피로, 통증, 출혈 등이 있습니다.

예방 및 조기 발견

- 건강한 생활 습관 유지, 정기적인 건강 검진 및 스크리닝 (예: 유방촬영술, 대장내시경)으로 조기 발견이 중요합니다.

암은 조기 발견과 적절한 치료를 통해 생존율을 높일 수 있으며, 다양한 치료 방법(수술, 방사선 치료, 항암 치료)이 있습니다.

요즘은 간단한 피검사로 암을 발견할 수 있는 암표지자검사라는 게 있습니다.

암표지자검사는 특정 암의 존재 여부를 확인하거나 치료 경과를 모니터링하기 위해 혈액이나 다른 체액에서 암표지자를 측정하는 검사입니다. 암표지자는 암세포에서 생성되거나 암에 반응하여 체내에서 증가하는 물질로, 주로 단백질이나 효소입니다.

1. CEA (Carcinoembryonic Antigen): 주로 대장암, 폐암, 유방암 등에 사용.

2. AFP (Alpha-fetoprotein): 간암 및 고환암에서 증가.

3. PSA (Prostate-Specific Antigen): 전립선암의 검출 및 모니터링에 사용.

4. CA-125: 난소암의 진단 및 치료 경과 관찰에 도움.

검사의 목적

- 암의 진단: 특정 암의 가능성을 평가.
- 치료 반응 모니터링: 치료 중 암표지자의 변화로 치료 효과 확인.
- 재발 감시: 치료 후 재발 여부 확인.

암표지자 검사는 단독으로 진단을 내리기보다는 다른 검사와 함께 종합적으로 평가하여 사용됩니다. 정확한 해석을 위해 의료 전문가의 상담이 필요합니다.

사망 시간을 당겨주세요

첫 병원에 입사한 지 얼마 지나지 않았을 때, 입원실에서 벌어진 일이다.

301호는 2인실이었지만 할머니 한 분이 방에서 냄새가 난다며 방을 옮겨달라고 하셨다. 다행히 입원실 여유가 있어서 할머니를 혼자 쓰게 해드렸다. 당직을 맡은 날이었지만 아직 모든 게 미숙했던 때라 인수인계를 받은 후에도 수 간호 언니가 늘 동행해주셨다. 당직자는 병실을 전부 책임지고 살펴야 할 의무가 있었기 때문에 초보자인 나를 위해 수 간호 언니가 기꺼이 함께 해주셨다.

301호에 홀로 남게 된 S 할머니는 마치 아기 같았다. 의사소통에 어려움이 있어 다른 분과 방을 함께 쓰기에 어려움이 있어 보였다. 치매가 있으셨고, 말씀하시는 것도 이해하기 어려웠다. 그냥 미소로 화답하는 게 전부였다. 중요한 건 할머니 몸에 부종이 너무 심했다. 당뇨 합병증으로 인해 온몸이 풍선처럼 부어있었다. 부은 팔을 누르면 눌렀던 손 모양 그대로 쑥 꺼져버렸다. 다리도 마찬가지였다. 마음껏 만질 수도 없었고 주사 놓기는 더 힘들 것으로 보였다. 수액을 달아야 하는데 눈앞이 캄캄해졌다. 부은 팔이었지만 수액을 놓기 위해 토니켓 (고무줄)을 묶었다. 역시나 고무줄 묶은 자리는 그대로 꺼져버렸다. 부은 팔 속에 숨어있던 혈관을 겨우 찾아 수액을 달아드렸다. 얼마나 많이 부었던지 주사 놓는 게 여간 힘든 게 아니었다. 몸에서 땀이 뿜어져 나와 옷을 흥건하게 적셨을 만큼 집중해서 주사를 놓아드렸고 누워계신 할머니를 확인하고서야 병실을 나올 수 있었다.

다른 병실을 순회하고 난 후, S 할머니가 계신 병실을 다시 찾았을 땐 가슴이 철컥 내려앉았다. 치매 환자였던 할머니는 수액을 뽑은 채 해맑은 표정을 짓고 계셨다. 수액이 흘러 바닥은 흥건해져 있었고, 수액을 달았던 할머니 팔에도 피가 줄줄 흐르고 있었다. 놀라기도 했고 당황스러웠지만, 얼른 조처(措處)했다. 놀랐던 나와는 다르게 할머니는 환하게 웃고 계셨다. 왜 그런지 믿지는 않았지만 놀란 가슴은 쉬이 진정되지 않았다. 괜스레 할머니 가족에게 화가 났다. S 할머니의 가족들은 창살 없는 감옥에 할머니를 내던져놓은 듯했다. 할머니가 안쓰러워 짜증까지 나려 했다. 병원을 너무 믿는 건지, 아니면 할머니에게 관심이 없는 건지 도통 알 수가 없었다. 한바탕 난리가 난 뒤, 할머니는 무슨 일이 있었냐는 듯 편안히 몸을 뉘었고 이내 잠이 드셨다.

다음 날 새벽, 할머니는 돌아올 수 없는 먼 길로 소풍을 떠나셨다. 원장님과 사무장님께 소식을 전하고 수 간호 언니와 함께 할머니의 마지막을 지켜드렸다.

"돌아가시면 제일 늦게까지 살아있는 게 청각 기능이래, 일하다가 이런 상황이 또 벌어지면 꼭 귀에 대고 인사해드려."

라고 하시더니 수 간호 언니가 할머니의 귀에 대고 인사를 건네셨다.

"할머니, 고생 많으셨어요. 아파서 얼마나 힘드셨어? 하늘 나라 가셔서 편히 쉬세요."라며 마지막 인사를 건네셨다. 죽음이라는 것을 눈앞에서 처음으로 목격했다. 어린 마음에 겁도 나고 슬프기도 했다.

그날 아침, 나는 깜짝 놀랄만한 소식을 접했다.

"사망 시간을 당겨달라고요? 말도 안 돼. 자식들이요?"

할머니의 자식들이 사망 시간을 당겨달라 했다고 한다. 그래야 하루라도 빨리 장례를 마친다나 어쩐다나, 어이가 없었다. 병원에는 코빼기도 안 비치더니 그런 말을 했다고 하니 속이 부글부글 끓어올랐다.

'나는 절대 저러지 말아야지.'

할머니가 떠나신 그날은 구슬픈 내 맘과 다르게 환하고 맑았다. 부디 하늘나라에서는 아프지 않으셨으면, 아픈 와중에도 웃어주시던 할머니의 온화한 미소처럼 그곳에서도 환하게 웃고 계셨으면 하고 바라고 원했다. 한동안 301호를 바라보면 S 할머니가 떠오르고 그리웠다.

'그곳에선 평안하시죠?'

146

귀가 2개여야 하는 이유

병원 일을 하면 할수록 간호사는 입을 닫고 귀를 열어야 하는 직업이라는 생각이 강해진다.

아픈 분들을 상대하다 보면 아프다는 이유로, 힘들다는 이유로 하소연과 괴로움을 토해 내신다.

"아파 죽겠다"라는 말은 하루도 거르는 날이 없다.

"죽어야 하는데 죽지도 않는다."라는 말은 고통이라는 노래에 추임새 같다.

'얼마나 아프시면 그럴까?'라는 생각에 가끔은 측은하게 느껴질 때도 있다. 내가 할 수 있는 일은 원장님의 처방대로 주사를 놓아드리는 일이 전부지만, 하시는 이야기를 들어드리는 것으로 엄마, 아빠의 아픔을 나누려 애쓴다. 이야기를 들어드림으로써 기분이 나아지신다는 걸 느낄 때가 있는데 그때는 나 또한 마음이 가벼워진다. 덜 바쁘거나 여유가 있는 날에는 주사를 놓으며 엄마들과 대화를 깊게 이어간다. 바쁘고 정신없을 때도 주사 놓을 때만큼은 그 환자에게 몰입하기에 가능한 일이기도 하다.

우리 병원은 엉덩이에 맞는 근육주사보다 팔에 맞는 정맥주사 처방이 훨씬 많다.

침대에 누워서 맞아야 해서 환자분과 자연스럽게 눈 맞춤이 되고 대화가 이어진다. 그래서인지 이때 라포(rapport)가 가장 많이 쌓이기도 한다. 오늘의 컨디션에 관해 묻고 듣다 보면 물꼬가 터진 것처럼 이야기가 쏟아져나온다. 시시콜콜한 이야기부터 손주 이야기, 가족 이야기는 물론 아침 밥상 이야기까지 전부 나온다. 그때는 말하기보다 듣기에 힘쓴다. 귀가 2개여야 하는 이유 같다. 주사를 놓아드리고 있는 분과 대화를 하다 보면 옆자리 누워계신 어르신도 합세해 이야기가 이어질 때가 있다. 그럴 때 나는 눈치껏 빠져나온다. 그래야 일을 할 수 있어서 오히려 옆자리에서 이야기를 거들어 주시면 고마울 때도 있다. 그뿐 아니라 일을 할 때도 귀가 늘 열려있어야 된다. 접수하다가도 원장님이 찾으시면 일단은 달려가야 한다. 찾으시는 이유가 있기 때문이기도 하고, 그래야 진료가 수월하게 이어지기 때문에 귀가 앞뒤로 열려있어야 한다. 또 하나, 직원들과의 소통이 원활해야 의료사고나 문제가 발생하지 않고, 손이 필요하거나 전달사항이 잘 전해져야 진료가 차질없이 진행되기에 항상 귀를 열어놔야 한다. 이럴 땐 귀가 2개라 다행스럽기도 하다.

오늘 아침, M 엄마가 병원에 오자마자 하시는 이야기를 듣고 깜짝 놀랐다.

"죽은 줄 알았는데 눈을 뜨고 두리번거렸더니 방이더라. 그래서 살아서 또 병원에 왔다."라고 말씀하셨다. "왜 그런 말씀을 하서? 오래오래 사셔야지."라고 반문했다. 마음에 없는 말일지라도 들어줬으면 하는 마음이 내재 되어있다는 느낌이 들었다.

약한 말씀을 하시는 엄마들을 보면 괜스레 측은해지고 가슴도 먹먹해진다. 이럴 땐 "간호사들 덕분에 병원에 온다" 라고 하실 수 있도록 더 대화를 나누고 더 안아드리려 한다.

앞으로 또 얼마나 많은 하소연과 아픔을 듣게 될지 모르겠지만, 귀를 열고, 마음을 열어 한없이 들어드릴 수 있는 큰 그릇의 사람이 되고 싶다. 이 길이 내가 걸어야 하는 길이라면 누구나 포용할 수 있는 넉넉한 간호조무사로 거듭나고 싶다.

다른 간호사 불러주세요

"미안하지만 다른 간호사 선생님 좀 불러주세요."

이 말을 처음 들었던 날, 가슴이 철렁 내려앉는 듯했다.

'나에게 주사를 맞아본 적도 없으면서 왜?'라는 마음의 소
리가 나를 어지럽게 했고 억울한 마음마저 생겨났다. 지금 근
무 중인 병원은 혈관주사(정맥주사) 처방이 대부분이다. 감기나
몸살로 오시는 분들은 대부분 정맥주사 처방이 내려진다. 조
용하면 이야기가 달라지지만 바쁘다 보면 2명의 간호사가 주
사 놓고 빠지기를 반복한다. 그럼 원하는 간호사에게 주사를
맞고 싶어도 가릴 처지 없이 주사를 맞아야 할 때도 있다.

지금 나와 같이 일하는 간호사 명화 선생님은 이 병원에서 16년째 근무 중이다.

그러기에 골수팬이 많다. 오랜 시간을 함께 지내 온 만큼 자기 혈관을 잘 아는 간호사에게 맞고 싶은 것도 이해가 된다. 나는 명화 선생님에 비하면 들어온 지 얼마 안 되는 새내기에 불과하므로 그런 어르신들의 마음을 백번 이해하고 또 이해하려 애쓴다. 그런 내 마음도 모른 채 정색하며 이야기를 하시는 분들을 보면 가끔은 야속하기도 하다. 같이 일을 하다가도 명화 선생님께서 내시경이라도 들어가면 주사는 나 혼자서 놓아드려야 한다. 그럴 땐 어쩔 수 없이 나에게 주사를 맞아야 하는 경우가 생긴다. 결국 내 주사를 맞고 나시면 "잘 놓네"라고 하시지만 찝찝해 보이는 그 목소리가 그리 달갑지만은 않다. 나는 그저 "감사합니다."라며 최선의 인사를 드리고 나온다. 어찌할 수 없는 상황 때문에 내가 또 주사를 놓게 되면 "놓아 보아라, 간호사 선생님이 못한다는 게 아니라 내 혈관이 지랄 같아서 그렇지."라며 위로 아닌 위로를 건네신다. 와닿지 않는 위로의 끝은 씁쓸한 맛이었다.

한번은 이런 상황이 뒤바뀐 적이 있었다. 생각지도 못한 일이었기에 무척이나 당황스러웠다.

며칠 전, 처음으로 병원에 오셨던 엄마가 나에게 주사를 맞았고 다음 날 오셔서 다른 간호사 선생님이 주사를 놓으려 하자 나를 찾으셨다고 했다.

"엄마, 저분에게 맞으시지, 왜 그러셨어?"라고 여쭈었더니 "자기가 잘 놓더라, 나 저 선생님에게 밉보였으니 앞으로 자기가 내 책임져래이~"라며 우스갯소리까지 하셨다. 안 아프게 맞았던 주사 한 대의 신뢰가 제법 컸던 모양이다. 주사를 바꿔서 놓아 보니 명화 선생님의 처지에서도 생각할 수 있게 되었다.

'환자가 원해서 주사를 바꿔 놓긴 했다지만, 마음이 편치만은 않구나'라는 생각이 들었다.

"마음 편하게 맞는 게 최고다. 얼른 놔 드려요."라며 엄마를 생각해서 말하는 명화 선생님의 마음이 고스란히 느껴져 얼른 주사를 놔드렸다.

'그러게, 마음 편한 게 최고지, 맞아…'

그때부터 명화 선생님을 찾는 환자분에게 기꺼이 선생님

을 불러드렸고 우울한 마음도, 억울한 마음도 품지 않았다. 당연하게, 기꺼이 받아들이기로 했다.

그 일이 있고 난 후, 나는 무슨 일에서든 조금이라도 상대방의 입장에 서서 생각하려는 습관이 생겼다. 이날의 사건은 간호조무사로서도, 인간으로서도 자랄 수 있는 계기를 만들어 주었다.

⊟〣〣〣〣〣→ 지혈

지혈은 출혈을 멈추게 하는 과정을 의미합니다. 지혈을 위한 기본적인 방법은 다음과 같습니다.

1. 압박: 출혈 부위에 깨끗한 천이나 거즈를 대고 강하게 압박합니다. 압박은 5-10분간 유지합니다.

2. 상처 청소: 출혈이 멈춘 후, 상처를 깨끗한 물로 씻어 감염을 예방합니다.

3. 상처 보호: 소독제로 소독한 후, 드레싱이나 반창고로 상처를 덮습니다.

4. 높이 올리기: 출혈 부위를 심장보다 높게 올려 혈액 흐름을 줄입니다.

5. 응급처치: 출혈이 멈추지 않거나, 매우 심한 경우 즉시 응급실에 가야 합니다.

지혈은 상황에 따라 다를 수 있으므로 출혈의 정도와 원인에 따라 적절한 조치를 취하는 것이 중요합니다.

그냥 수액 놔주면 안 돼?

점심시간이다.

점심시간을 알려주는 표지판을 수부 대에 올려놓고 금고를 잠근 뒤 엉덩이를 떼려 할 때였다.

"많이 아파서 수액 맞으러 왔는데 놔주소."

진료 시간이냐며 묻지도 않으시고 대뜸 수액을 놔달라고 하셨다.

"어머니, 지금은 점심시간이라 안 되고요. 2시 돼서 다시 오세요."

내 말이 채 끝나기도 전에 "뭔 말이 많노? 아파서 다 죽어

가는구먼, 그냥 수액 놔주면 되잖아."

가시 돋친 말투로 나를 쏘아붙이셨다.

"어머니, 수액은요. 원장님 처방이 있어야 놔드릴 수 있어요. 원장님도 식사하러 가셔서 안 계시고요. 수액은 제 임의대로 해드릴 수 있는 게 아니에요. 불법이에요. 불법! 죄송해요."

이내 내 말을 가로채더니 정신을 쏙 빼놓으셨다.

"불법은 무슨 불법! 그냥 놔주고 있으면 난제 원장 오면 주사 놓고 하면 되잖아, 왜 이렇게 융통성이 없노?"

벽이랑 이야기하는 듯했다. 말도 안 통하고, 나도 한계에 다다르기 직전이었다.

"어머니, 죄송해요. 아무리 그러셔도 지금은 못 해 드려요. 혹시 식사 안 하셨으면 점심이라도 드시고 오세요. 드시고 오시면 2시 돼서 제일 먼저 진료받게 해드릴게요."

나는 최대한 예의를 갖춰 조심스럽게 말을 건넸다.

"아파가 다 죽어 가는데 밥이 넘어가나? 그냥 놔주면 될 것을. 갑시다."

보호자로 오신 어머니는 말에서 가시가, 눈에서는 불꽃

이 뿜어져 나왔다. 그게 다가 아니었다. 가자미를 능가할 만
큼 나를 있는 힘껏 째려보셨다. 눈에 있는 검은자위가 전혀
보이지 않았다. 밖에서 큰소리가 나니 점심 식사를 준비하던
명화 선생님이 대기실로 나오셨다.

자초지종을 간단히 전했더니 "어머니, 안 되는 건 안 되
는 겁니다. 2시 돼서 오세요."라며 큰소리로 대변해주셨다.
어찌나 든든하던지, 속이다 후련했다.

아프신 엄마는 병원에 자주 오셨던 분이라 안타까웠지
만, 원장님의 처방 없이 의료 행위를 할 수 없기에 어쩔 도리
가 없었다. 점심시간이 끝나고 오후 진료가 시작되자 아파했
던 엄마가 다시 오셨고 수액과 주사를 맞으셨다. 아픈 엄마
도, 보호자의 심정도 이해가 가지만 무턱대고 조르는 건 아
닌 거다. 병원을 나설 때까지 째려보시던 그 눈이 아직도 잊
히지 않는다. '당신 자녀라도 그렇게 하셨을까?'라는 건네지
못한 질문만 나에게 쏘아대고 있다. 그리 아프다 했던 엄마
가 가벼워진 발걸음으로 병원문을 나섰고 마침 그 모습을 내
가 보게 되었다. 다행스러우면서 한편으론 야속하기도 했다.

'다친 내 마음은 누가 위로해주나?'

내가 보호자라도 그랬을 거라는 말도 안 되는 말로 나를 위로하고 이해하려 애썼다.

오늘도 잘 견뎌냈다며 나를 토닥였다.

'견뎌내다니, 그것참…. 참고 견뎌내는 게 아니라 이해해 드릴 순 없었던 걸까?'

모자랐던 내 마음 씀씀이를 돌이켜보니 씁쓸해진다. 달콤한 커피믹스가 당기는 오늘이다.

참을 인(忍) 세 번이면

'참자, 참자, 참아야 해.'

오늘도 되뇐다. 간호사의 마음에서 참자는 말이 올라오면 안 되는 거라고 나를 타일러본다.

매일 그런 건 아니다. 종종, 가끔 그런 분들이 불쑥 나타난다.

하루는 진료비 때문에 언성이 높아졌던 일이 있었다.

진료를 받은 지 한 달이 지나면 초진료가 붙는다. 한 달 안에 다시 오시면 재진이기 때문에 초진료보다 적게 나온다. 게다가 토요일은 공휴일로 들어가기 때문에 평일보다 진료비가 비싸다. 주사를 맞는 것도, 맞지 않는 것도 진료비가 전부 다르다. 이건 우리 병원만 그런 게 아니라 나라가 정한 법이다. 우리는 정해진 대로, 컴퓨터에 뜨는 대로 받는 것인데 그걸 이해 못 하시는 분들은 몇백 원 때문에 고함을 치신다. 설명해 드려도 흘려들으신다. 들으실 생각이 없는 건지, 듣기 싫으신 건지 도통 알 수가 없다.

"돈이 왜 이리 많이 나오노?"라고 물으시면 전부 설명해 드린다. 그럼 이해하시며 수긍하시는 분이 있는가 하면, 돈을 줄 수 없다고 내시던 돈 만큼만 내고 가시는 분도 있고, 처방전을 놔두고 그냥 가버리는 분들도 있다. 정말 각양각색이다.

또 한번은 그런 일이 있었다. 우리 병원은 당뇨 체크를 해드린다. 당뇨 환자들의 수치 관리를 위해 측정을 해드리기도 하지만 수액을 맞기 전, 포도당을 투여해도 되는지 확인을 하기 위해 당뇨 검사를 해드린다. 그때 당뇨를 발견하시는 분들도 간혹 있다. 운이 정말 좋은 분이다. 이런 기초 검사가 무료일까? 그렇지 않다. 가끔 궁금하니까 해달라는 분도 계시지만 모든 게 진료에 포함된다.

어제는 진료를 받은 지 한 달이 넘은 아버지 한 분이 오셨다. 혈압과 체온을 측정하고 난 뒤, 당뇨 측정도 원하셨다. 초진료에 당뇨검사가 들어가면 진료비가 많이 나온다고 귀띔해드렸더니 대뜸 화를 내시는 게 아닌가. 독감 접종을 할 때 서비스로 해드렸던 걸 기억하시고는 무료였지 않냐고 박박 우기셨다. 그땐 서비스였다고 설명을 하고 또 해드렸다.

"그럼 오늘도 서비스로 해주면 되지. 왜 돈을 받아?"

팔짱을 끼고 간호사들을 쏘아보며 계속 몰아붙였다. 말씀을 드리는데 듣질 않으셨다. 그러더니 당뇨검사만 하시고는 소리 없이 사라지셨다.

"일부러 긁는 것 같은 느낌이지?"

"그러게요. 선생님이 참으셔요."

우리는 일하다가 서로에게 "선생님이 참으셔요."를 권유할 때가 있다. 무엇 하나가 마음에 안 들면 가실 때까지 그 말만 되풀이하시는 분, 혈관주사를 맞고 멍든 건 간호사들이 주사를 잘못 놔서 그렇다는 분, 진료비가 비싸다며 백 원에 흥분하시는 분, 약 때문에 잠이 안 와서 고생했다는 분 등을 마주하면 이해하고 싶어도 이해하기 어려울 때가 많다. 그럴 때는 참고 또 참는다. 나도 사람이기에 감정이 목까지 차오를 때가 있지만 눌러 앉히고 잠재운다. 누르고 누르다 보면 결국은 시간이 지나고 나서야 이해가 가능해진다.

말이 많으신 분은 원래 그런 분이라고 이해하기 시작했고, 외로운 분이겠거니 짐작하며 그분에게 맞게 호응해드리려고 노력했다. 혈관주사를 맞고 멍들었다는 분에게는 "지혈이 잘 안 돼서 그런 거니 다음번엔 오래 눌러주셔야 해요."라고 하면 대부분 수긍을 하셨다. 진료비 백 원에 흥분하시는 분에게는 깎아드리겠다며 기본진료비만 받았고, 약 때문에 못 잤다고 짜증 내시는 분들에게는 주사 때문에 그럴 수 있다고 설명해드렸다.

이해하자고 하면 못할 것도 없었다. 쉬운 일은 아니지만 참는 것과 이해하는 것은 하늘과 땅 차이의 문제였다. 시간이 흐른 뒤 깨달았다. 내 선택이 천국과 지옥을 만든다는 사실을.

기왕이면 천국에서 지내야 하지 않을까. 그게 말처럼 쉽지 않지만 애써도 어렵고 고통스러울 때, 나는 주문처럼 외우던 한 문장이 있었다.

〰〰〰 당뇨

당뇨병은 혈당(혈액 내 포도당) 수치가 비정상적으로 높은 상태를 말합니다. 주로 제1형과 제2형으로 나뉘며, 제1형은 인슐린 생성이 부족하고, 제2형은 인슐린 저항성이 주요 원인입니다.

당뇨병의 주요 증상으로는 잦은 소변, 갈증, 체중 감소 등이 있으며, 합병증으로는 심혈관 질환, 신장 손상, 망막병증 등이 있습니다. 관리 방법으로는 식이요법, 규칙적인 운동, 혈당 모니터링, 필요시 약물 치료가 포함됩니다. 조기 발견과 지속적인 관리가 중요합니다.

건강검진 시 당뇨검사가 포함되어 있으니 공복으로 가시면 정확한 수치를 알아보실 수 있습니다. 혹 당뇨 전 단계 진단을 받으신 분들은 3개월 단위로 당화혈색소 검사를 받으셔서 주기적으로 확인을 하시면 좋을 듯합니다.

당화혈색소(Hemoglobin A1c, HbA1c)란 혈액 내 헤모글로빈과 포도당이 결합하여 형성된 물질로, 혈당의 평균 수준을 반영하는 지표입니다. 일반적으로 지난 2~3개월간의 평균 혈당 수치를 나타냅니다.

HbA1c 수치는 당뇨병 관리의 중요한 지표로 사용되며, 정상 범위는 약 4%에서 5.6%입니다. 5.7%에서 6.4%는 당뇨 전 단계, 6.5% 이상은 당뇨병으로 진단됩니다. 꾸준한 HbA1c 측정은 당뇨병 환자의 치료 효과와 혈당 조절 상태를 평가하는 데 중요한 역할을 합니다.

또 하나,

인슐린 주사는 종류와 작용 시간이 다양하기 때문에, 아무 인슐린이나 맞아서는 안 됩니다. 각 인슐린 제제는 효과 지속 시간 및 작용 방식이 다르며, 환자의 필요와 상태에 따라 적절한 인슐린을 선택해야 합니다.

1. 단기 작용 인슐린: 식사 직전에 사용하여 혈당 상승을 조절합니다.

2. 중간 작용 인슐린: 지속적인 혈당 조절을 위해 사용됩니다.

3. 장기 작용 인슐린: 하루에 한 번 또는 두 번 주사하여 기본적인 혈당 관리를 제공합니다.

의사와 상담하여 개인의 혈당 관리 계획에 맞는 인슐린을 선택하고, 올바른 사용법을 따라야 합니다. 잘못된 인슐린 사용은 저혈당이나 고혈당을 유발할 수 있습니다.

며칠 전, 친구가 줬다며 인슐린이 당신이 쓰는 것과 다른 것임에도 불구하고 쓰셨던 어머님이 혈당이 300 이상 상승했던 광경을 목격한 적이 있습니다. 인슐린은 나눠 쓰는 게 아니라 나를 진료하신 선생님께 처방받아 쓰시는 게 가장 안전합니다.

모든 어르신이 내 부모

'모든 어르신이 내 부모다.'

내 마음이 내 마음대로 안 되고, 어르신들을 이해하기 어려울 때 나는 마음속으로 주문을 외웠다. 이 마음 하나면 안될 게 없었고, 이해 못 할 일이 없었다. 이 주문은 내가 병원일을 처음 시작할 때부터 마음에 품고 있었던 말이다.

'환자분은 나를 괴롭히러 병원에 오는 게 아니다, 아파서 오는 거고, 괴로워서 오시는 거다. 이해가 필요하고 도움이 필요하신 거다. 모두가 내 엄마, 아빠다.'라는 마음을 품고 일했다. 그 마음은 지금도 변함이 없다. 열이 펄펄 끓어 얼굴이 붉어지면 손으로 이마도 한번 짚어드리게 되고, 수액을 맞고 계시면 이불을 목까지 당겨 올려 덮어드려도 보고, 엉덩이 주사를 놓고 나면 뭉치지 말라고 팔이 부서질 정도로 문질러 드리기도 한다. 혈관주사를 맞고 행여나 멍이 들까 봐 꼭 누르시라고 신신당부를 하기도 하고, 수액을 맞다가 물이 마시고 싶다면 기꺼이 물도 떠다 드린다. 걷기 힘들어하는 분들은 조금이라도 부축해드리려 애쓰고, 가능한 한 환자분과의 대화를 기억했다가 소통을 이어가려고 노력한다. 모든 분들을 내 부모라 생각하니 한 번 더 눈이 가고 한 번 더 돌아보게 된다. 그런 마음으로 10년을 보냈다.

그 마음으로 관심과 정성을 쏟으니 알아주시는 분들이 많아졌다. 고맙다, 수고했다, 고생 많았다는 말들을 아낌없이 해주셨다. 병원을 내원하는 어르신들을 내 엄마, 아빠라 여겼더니 자식처럼 챙겨주시고 이뻐해 주셨다. 농사지은 걸 들고 와 나눠주시는 분, 맛있는 것 사 먹으라고 꼬깃꼬깃 접어놓은 지폐를 쥐여주시는 분, 주고 싶었다며 준비해온 간식을 가방에서 주섬주섬 꺼내서 건네주시는 분, 손을 당겨가시더니 사탕을 한 아름 쥐어주시는 분, 올 때마다 비타민 음료를 사주시는 분, 엄마 미소, 아빠 미소로 늘 바라봐주시는 분 등 사랑받는다는 느낌을 가득 안겨주셨다. '주는 만큼 받는다'라는 말처럼 나를 아껴주시는 분들을 나도 아껴드리고 싶었다. 나도 사람인지라 그런 분들에게는 관심이 더 가고, 나도 모르게 눈길이 더 갔다. 그분들에게라도 좋은 간호사가 되어드리고 싶었다. 글을 쓰다 보니 드라마에서 보았던 대사가 생각난다.

'사람은 믿어주는 만큼 잘하고 아껴주는 만큼 여물고 인정받는 만큼 성장하는 법이다.'

병원에 오셔서 사랑을 주시는 엄마, 아버지 덕분에 나라는 인간은 오늘도 탐스럽게 영글어가는구나 싶다. 내가 성장하고 있다면 모든 게 엄마, 아버지 덕분이다.

내 이름을 기억해?

접수할 때 가장 먼저 여쭈어보는 것이 이름이다. 자주 오시는 분이나 특이한 이름을 가진 분은 대부분 기억한다. 접수하다 보면 유독 기억에 남는 이름도 있다. 그런 분들 에게는 "OOO 님 맞으세요?"라고 먼저 여쭈어본다. 그럼 끄덕이시는 분들도 있고, 놀라시는 분들도 있다.

"어머, 이름도 기억해주네.","이름도 기억해요?"라며 연신 고맙다고 해주신다. 감동이라는 분도 계셨다. 가끔 마스크에 묻혀, 아크릴판에 가려 이름이 잘 안 들릴 때도 있다. 부르고 또 부르는데도 못 알아들을 때는 적어달라고 부탁을 드리기도 한다. 수많은 사람 중에 내 이름을 기억해 준다는 건 고마운 일인 듯하다. 나 역시 내 이름 석 자를 기억해주면 그리 기분이 좋을 수 없다. 이유가 없다. 나를 기억해 준다는 사실 하나가 그저 고맙다.

환자분들도 내 마음과 같지 않을까? 진료를 위해 병원을 찾지만 이름을 기억해 불러드리면 좋아하시는 표정이 눈에 보인다. 그럼 그 이후에도 이름을 잊지 않고 기억하려고 저장 회로를 마구 돌린다. 그런 행동은 환자분에 대한 내 마음이자 관심이며, 나만의 애정 표현법이다.

어느 날, 친해지기 시작한 친구 혜윤이가 나에게 그랬다.

"이름을 자주 불러주는 게 그 사람에게 좋다고 하대요. 앞으로 나도 이름 불러줘요."라는 말을 해주었다. 나는 그 말을 들은 후 모든 이에게 이름을 불러주려 애썼다. 좋은 게 좋은 거라고 애칭도 있고, 별명도 있지만 이름을 불러주는 게 내가 할 수 있고, 해줄 수 있는 배려이자 예의라고 생각했다. 나 또한 아무개 엄마, 아무개 부인 말고 내 이름 석 자로 불릴 때가 가장 행복했다. 오죽하면 브런치 작가명도, 블로그도 모두 내 이름을 사용하고 있을까. 예명 대신 이름을 쓰고 이름을 알리는 건 내가 나를 사랑하는 방법이기도 하다. 나는 나의 삶을 사랑하지만, 아빠가 지어주신 내 이름 석 자도 사랑한다. 내 삶을 통해 이미 만났고, 앞으로 만나게 될 모든 인연을 소중히 여기며 이름을 열심히 불러드리려 한다. 나 역시, 내 이름 석 자가 더 많이, 자주 불릴 수 있도록 하루하루를 허투루 쓰지 않고, 나를 잘 빚어나가도록 노력해야겠다.

"죽고 싶다"는 거짓말

혈당 조절이 안 돼서 당뇨 수치 400mg/dl을 찍은 K 엄마가 계셨다. 짧은 기간 동안 살이 많이 빠졌다며 배를 까 보이시더니 불룩하게 솟아있던 배는 자취를 감추었고 늘어진 뱃가죽만 남아있었다. 갑자기 핼쑥해지셨다 싶었는데 10kg 넘게 빠졌다고 하셨다.

"죽고 싶은데 죽지도 않노"라며 끔찍한 이야기를 하시더니 뭘 먹어야 힘이 나겠냐고, 혈당 높은 건 또 뭘 먹어야 하냐고 물으신다. 좀 전까지 무서운 이야기로 침을 삼키게 하시더니 주사실 침대에 누워 옆 침대에 누워계신 엄마랑 염소 진액

이야기를 나누고 계신다.

"혈당이 높으신 분들은 아무거나 막 드시면 안 돼요. 혈당부터 잡으셔야지. 당뇨약 드시는 병원에 가서서 원장님과 상의하세요. 꼭!"

걱정을 쏟아붓는 나와는 다르게 엄마는 이미 염소를 잡을 분위기다.

"당뇨는 뭘 먹어서 잡는 게 아니라 뭘 안 먹어야 하는 게 아닌가요? 엄마?"

"그건 그런데…"라더니 말끝을 흐리신다.

큰일 난다고 드린 말씀이었는데 나만 심각해졌다. 다음 방문에 여쭈어보니 염소 진액을 드시고계셨다. 역시 못 말리는 K 엄마다.

하루는 공공근로를 하시는 Y 엄마가 병원에 오셨다. 허리와 다리가 아프다며 주사도 맞고, 주기적으로 약을 지어가시던 분이었다.

"다리가 아파 죽을 지경이다. 죽지도 않노."라며 하소연을 하셨다. 그랬더니 옆에 앉아 계신 어머니들이 떼창을 하셨다.

"다리 아파서는 절대 안 죽니더. 속이 안 좋아서 다들 죽는 거지."

위로인지 타박인지 모를 대화들이 오고 갔다.

"봄이 되니 꽃도 피었다 지고, 사람도 태어났다가 죽는 건데 늙으니 다리가 아파서 암껏도 몬하것네."

마치 시를 읊는 것 같은 엄마의 말씀이 왜 그리 구슬프게 들리는지 한동안 가슴이 먹먹했다.

같은 날, M 엄마도 병원을 찾으셨다. M 엄마는 신랑도 없고, 친척도 없지만 소소한 일거리로 근근이 살아가시는 분이었다. 병원도 자주 올 수 없는 처지지만 아픈 몸을 이끌고 오시면 몸도 마음도 위로를 받는다고 하셨다.

"죽어야 하는데 죽지도 않고 선생님들 고생만 시킨다."라는 말씀을 매번 하신다. 나라에서 주는 도움을 받는다지만 벌지 않으면 병원에 오기도 힘들다는 엄마를 보니 마음이 무거워졌다. 힘내시라는 의미로 목청껏 인사를 하게 되고, 오시면 말 한마디 더 나누려고 애쓴다. 그 마음이 전달이라도 된 건지 병원이 친정 같고 가족이라고 하신다. 그럼 더 마음이 애잔해진다. 병원을 찾는 이유는 아프지 않고 조금 더 건강한 생활을 영위하려는 목적일 텐데 꼬박꼬박 처방을 받고 주사를 맞으러 오시는 엄마들이 죽고 싶다고 하실 때면 왠지 슬픈 거짓말 같다.

아파하시는 모습을 보면 굉장히 안쓰럽다가도 어떨 때는 측은해지기도 한다. 원장님도 그러신다.

"관절 아픈 건 낫는 병이 아니시데이, 약 먹고 치료하면 덜 아프고 덜 힘들다는 거지."

관절이 다 닳고 신경이 눌리는 70~80대 어르신들이 청년처럼 좋아질 리 만무하다. 그걸 알기 때문에 엄마들이 하는 하소연을 귀 기울여 들어드리고 약이라도 잘 챙겨 드시라는 말밖에 할 수 없다. 세상에 모든 어르신이 조금 덜 아프고, 조금 덜 외롭게 사셨으면 참 좋겠다.

고장 난 벽시계

"늙어가 죽지도 않고 아프기만 하고 나는 고장 난 벽시계다. 아무 데도 쓸데가 없다."

"엄마가 왜 고장 난 벽시계에요? 아니에요. 건전지가 조금 닳았을 뿐이에요."

"아고, 그리 얘기해주나? 고맙게시리."

장마가 시작된다더니 비가 참으로 구슬프게 내리던 어느 날이었다.

기운이 없어서 수액을 맞고 싶다던 엄마가 침대에 누우면서 아픔을 토해내셨다. 자신의 처지를 보니 서글프다고 하셨다. 몸도 마음대로 가눌 수 없어서 나에게 눕혀달라고 부탁하는 엄마를 보니 안쓰러움이 파도처럼 밀려왔다. 그런 와중에 내가 하는 말에는 열심히 끄덕이셨다. 기꺼이 응한다는 기분이 들 만큼 씩씩하게 대답해주셨다. 씩씩해 보이는 엄마의 말투에 무거워진 마음이 한결 가벼워졌다. 비가 오는 날이면 고장 난 벽시계를 연상케 하는 엄마, 아버지께서 유독 많이 오신다.

"이 주사 맞으면 낫나? 좋은 거 놔주게."

"와 이래 않낫노? 죽지도 않고."

"온몸이 다 아프다. 안 아프게 좀 해주소."

"다리가 땡겨가 잠도 옳게 못 잤다. 좋은 주사 없나?"

"다리가 와 이래 저리지? 안 저리게 좀 해 줘봐."

"아파가 못 살겠다, 좀 살려주라."

아픔을 토해내는 어른들을 뵈면 그저 안쓰럽고 측은하다. 엉덩이 주사를 맞기 위해 침대에 엎드린 엄마, 아빠의 마르고 마른 엉덩이를 보자면, 혹은 엎드릴 때 침대를 잡은 손을 보면 손은 또 얼마나 쓰신 건지 굵어진 마디마디가, 갈라진 손가락과 굳은살이 가슴을 후벼판다. 내가 고쳐드릴 수 있다면 수십 번, 수백 번도 노력해 보겠지만 나는 의사가 아니기에 고장 난 벽시계를 고쳐 드릴 수는 없다. 오로지 내가 해드릴 수 있는 건 원장님의 오더에 따라 주사를 놔드리고, 눈 한번 맞춰드리고 마음을 나누는 일, 그것밖에 해드릴 수 있는 게 없다. 그저 벽시계와 함께 하는 추가 되어드리는 일 말고는 없다. 그것뿐이다.

병원에 와서 다 나으시면 좋겠지만, 그래서 병원에서 뵐 수 있는 일이 적으면 가장 좋겠지만 퇴행성 질환은 많이 쓰고 많이 닳아 아픈 것이기에 완벽하게 나을 수가 없다. 다만 조금 덜 아프시고 조금 덜 고통스러우시길 바랄 뿐이다. 고장 난 벽시계가 오늘은 조금이라도 쉬이 움직였으면 하는 마음으로 주사를 놓고 마음을 나눈다.

발목, 손목 삐었을 때

발목이나 손목을 삐었을 때의 간략한 처치법은 다음과 같습니다.

1. 휴식: 부상을 당한 부위를 사용하지 않고 충분히 쉬게 합니다.

2. 냉찜질: 부위에 얼음찜질을 15~20분간 적용하여 부기와 통증을 줄입니다. 직접 피부에 얼음을 대지 않도록 주의합니다. 하루, 이틀은 냉찜질을 하시고 이후부터는 온찜질을 해주세요.

3. 압박: 탄력 붕대나 압박 붕대를 사용해 부위를 감싸 부기를 줄입니다. 너무 세게 감지 않도록 주의합니다.

4. 높이 두기: 부상을 당한 부위를 심장보다 높게 두어 부기

를 줄입니다. 발목 같은 경우 베개를 받쳐놓으면 좋습니다.

5. 의료 상담: 통증이 심하거나 부기가 가라앉지 않으면 전
문가의 진료를 받는 것이 좋습니다.

이러한 방법들을 통해 초기 처치를 할 수 있습니다.

작은 위로

명절을 앞두고 링거를 맞으러 오시는 분들이 많았다. 그 엄마도 그런 분 중 한 명인 줄 알았다. 레몬색 부리 마스크를 거꾸로 끼고 오셨길래 바빠서인 줄 알았다. 나중에야 알았다. 마스크를 제대로 낄 정신이 없었다는 걸.

"가슴이 답답하니더. 아 아파서 신경 쓴다고 그런가, 머리도 아프고."

진료실에 들어와 설움 섞인 말투로 토해내듯 이야기를 이어 나가셨다. 얼굴이 많이 상했다 싶었는데 한 달 전 따님을 가슴에 묻으셨다고 했다.

수액을 달아드리고 이야기를 나누는데 엄마 눈가가 점점 붉어지고 눈물이 차오르더니 이내 흘러내린다. 당황한 나는 휴지를 꺼내 얼른 엄마께 드렸다.

"울지 마세요. 엄마 우는 거 따님도 원치 않으실 거예요. 이거 맞고 힘내셔야죠."

"맞아가 뭐하노, 아무 소용 없다. 나나 데리고 가지, 뭐가 그리 급하다고 혼자 가노."

엄마 연세를 보니 딸이 젊을 거 같은데 어찌 된 일이냐고 물었더니, 밥맛이 없다고 하더니 살이 빠졌고 지인이 식사 대접을 한대서 나갔다가 그 뒤로 토하고 설사를 하더니 보름 만에 엄마 곁을 떠났다고 했다.

멀리 있는 딸이라 자주 못 보기도 했고, 잘 보러 가지도 않는데 유독 딸에게 가고 싶었다고 했다. 그렇게 엄마를 보고 난 후 15일 만에 딸은 엄마 곁을 떠났다.

엄마의 마음을 어찌 다 헤아릴까? 흐느끼며 우는 엄마를 보니 마음이 안절부절못해졌다. 그러고는 나도 모르게 눈물을 손으로 닦아드렸고, 엄마 머리와 이마를 쓸어내리며 작은 위로를 건넸다. 몸이 저절로 움직였다. 그저 안쓰럽고, 안타까웠다. 뒤에 알게 됐지만, 따님은 나와 불과 4살 차이었다. 가슴이 저렸다.

'어쩌다 젊은 나이에.'

사인은 어머니도 모른다고 하셨다. 부검도 하지 않으신다고 했다. 딸을 두 번 죽이는 것 같다며 손사래를 치셨다. 또한 번 경각심을 갖게 된다. 건강하다고 자부하지 말고 더 보살피고 돌봐야겠다고.

병원 일을 하다 보니 급작스러운 체중 감소를 겪는 분들을 보면 분명 이유가 있었다. 당뇨나 갑상샘, 암일 경우였다.

살이 급작스레 빠진다면 무조건 병원을 찾으시면 좋겠다. 그건 나와 내 가족을 위한 길이니까. 가족 눈에 눈물 흐르지 않도록 해야 한다. 병원을 찾는 건 내게 남은 소중한 시간을 지키는 최소한의 예의라는 생각도 든다.

퇴근해서 추석 장을 보고 와서도, 해가 뉘엿뉘엿 지는 저녁이 돼서도 그 엄마의 얼굴이 떠올라 한참을 먹먹했다.

'추석 내내 딸의 빈자리를 느끼면 얼마나 힘들고 외로우실까?'

추석 내내 엄마의 마음이 고요하길 바라고 바랐다.

사람이 그리워서

오늘도 P 엄마는 입을 쉬지 않으신다. 병원문을 열고 들어오면서부터 병원을 나설 때까지, 혼잣말부터 대화에 이르기까지 끝도 없는 이야기가 이어진다. 아픈 곳부터 아프게 된 이유까지, 옆에 있는 분들에게 말을 건네시고 처음 보는 분에게도 서슴없이 말을 건네신다. 진료실에 들어와서도 우는 말투로 원장님 혼을 쏙 빼놓으신다. 나는 지켜보는 처지지만 보는 것만으로도 기운이 빠진다. 아니나 다를까, 주사를 놓으러 가면 기다렸다는 듯이 이야기가 쏟아진다.

'외로운 건가? 아니면 원래 이야기하는 걸 좋아하는 걸까?'

이해하려 하기보다 그냥 받아들이는 쪽을 택한다.

P 엄마 못지않게 이야기하는 걸 좋아하는 M 엄마도 진료를 받으셨다. M 엄마는 엉덩이 주사를 맞기 위해 침대 위로 엎드렸다.

"못난 엉덩이를 이쁜 손으로 톡톡톡 두드려서 주사를 놔주니 하나도 안 아프네. 늙으니 엉덩이도 형편 없제? 목욕탕 가서 다 벗으니 팔이고 다리고 살이 축 처져 가 보잘것없더라. 젊을 땐 안 그랬는데 늙으니 못 봐주겠제?"

속사포 랩 같은 엄마의 말에 당황스러웠지만 늘 있는 일이라 얼른 정신을 차렸다.

"아니에요, 엄마가 뭘 늙어요, 친구분 중에 엄마가 제일 동안이지 않아요?"

라고 묻자 엄마는 숨도 쉬지 않고 대답을 이어가셨다.

"내 나이 올해 78이다. 친구들이 너는 왜 늙지도 않냐고 그러긴 해. 왜 안 늙냐고, 아파죽을 것 같다고 그런다. 해마다 아픈 데는 한군데씩 늘고, 약도 늘고 있는데 뭘 안 늙어. 그래도 친구들에 비하면 나는 건강한 편이지. 뒷사람 기다리제? 나 이제 갈게, 수고했어요."

빨간색 굽 높은 단화에 찰랑거리는 검은색 정장 바지, 단

발에 파마머리, 늘 곱게 화장하고 바다 빛 섀도를 하고 오시는 엄마를 보면 전형적인 70대 스타일과는 조금 다르긴 하다. 주사를 놓으며 쏟아내는 이야기들은 자랑, 하소연, 인정, 칭찬으로 포장된 외로움 같다는 생각이 든다.

"내가 여기오면 별별 얘기를 다 한다. 노인네가 별시럽제?"라는 말씀을 하시는 M 엄마.

별스러운 이야기도 나는 거뜬히 들어드릴 수 있는데 눈치 보는 모습이 여간 맘이 쓰이는 게 아니다. P 엄마나 M 엄마처럼 말이 많은 어르신들을 보면 공통점이 있었다. 배우자가 없다든지, 홀로 지내시는 분이라는 점이다. 어찌 보면 외로움은 혼자 견뎌내야 할 숙제인 듯하지만, 사람이 그립고 외롭다 보니 말이 많아질 수밖에 없다는 생각도 든다. 말 한마디 없이 왔다 가시는 분들도 많지만 그런 분들은 그렇게, 또 말을 많이 하시면 하시는 대로 들어드리는 게 우리 일이라고 생각한다. 자기 이야기를 하기 좋아하는 분이면 어떠한가?

들어드리는 그것만으로 외로움을 덜어낼 수 있다면 나는 기꺼이 들어드릴 것이다.

기초생활보장 수급자 엄마 덕분에

잿빛 하늘이 드리워진 어느 날, Y 엄마가 병원을 찾으셨다. 끙끙 앓으시는 걸 보니 상당히 아파 보였다. 열부터 재어보자며 의자에 앉으시라 하고 체온계를 귀에 넣었다. 38도 3부. 역시나 높았다. 끙끙거리시는 게 충분히 이해됐다. 진료 후 수액 처방이 내려졌고 내가 준비하게 되었다. 수액을 놓으러 갔더니 눈도 뜨지 못한 채 얼버무리신다.

"아파서 잠 한숨 못 잤네, 낮에는 괜찮더만 밤 되니 너무 심하게 아파서 타*** 먹었는데 낫지도 않네. 나 같은 사람들 많이 오나?"

"그럼요, 여름인데도 겨울만큼, 아니 더 많이 오시는 것 같아요. 코로나 자가 키트 해보시고 양성 나와서 치료받는 분도 많으시고요. 엄마 많이 아프셨나 보네."

"말이라고, 아프니 서글프더라. 물수건 한 장 이마에 얹어 줄 사람도 없고, 밥 차려주는 사람도 없고."

"그래서 식사는 하고 오셨어?"

"입맛도 없고 입도 쓰고, 그냥 안 먹었지."

"그럼 뭐라도 시켜 드시지, 아픈데 음식도 못 드시고 약은 또 어떻게 드셨어?"

"돈 많이 쓰면 안 돼, 나라에서 70만 원 지원 나오는데 30만 원 방세 주고 남은 40만 원으로 세금 내고, 전화비 내고 나면 하루에 5천 원 이상 쓰면 적자야. 돈이 없어. 어디 기댈 데도 없는데 아껴 써야 해. 못 시켜 먹어."

그 말을 듣자 아무 말도, 아무런 대답도 하질 못했다. 멋모르고 생활 전선에 뛰어들었던 19살의 내가 오버랩되면서 돈 때문에 고단했던 기억이 떠올라 이내 마음이 참참해졌고 안타까움이 몰려왔다. 기초생활보장 수급자였던 엄마의 상황이 그저 애처롭기만 했다. 내가 도울 수 있는 건 아무것도 없었다. 그런 엄마를 보며 나는 어떤 삶을 살고 있는가 되짚어 보게 되었다.

'이 정도쯤이야, 싸니까 괜찮겠지?, 언젠가 쓸 거야.'라는 마음으로 소비를 가볍게 생각했던 순간들이 스쳐 지나갔다. 부자의 마인드를 배운다며 책을 읽고 영상을 보며 공부도 했으면서 행동하지 않고 실천하지 않았던 모습들이 떠오르자 나 자신이 하염없이 부끄러워지기 시작했다.

엄마는 이틀 뒤, 많이 호전되었다며 주사만 맞고 가셨다. 집으로 향하는 엄마의 뒷모습을 바라보며 마음을 다잡아보았다. 잘 벌기보다 잘 쓰는 인생을 살기 위해 나는 어떻게 살아야 하는지 고민해보고 말로만이 아닌 행동하는 삶을 살아보겠노라고. 고맙습니다, 엄마.

돈으로 젊음을 살 수 없기에

"돈은 얼마든지 들어도 좋으니 낫도록만 해 주이소."

그 말이 왜 가슴에 와서 꽂혔는지 모르겠다. 젊은 시절,
가장으로서 열심히 돈을 벌었을 테고 열심히 사셨을 테지.
88세가 된 아버님께서 던진 저 한마디는 괜스레 나를 울컥하
게 했다. 돈은 많은데 건강을 잃은 모습이 어느 모습보다도
안타까웠다.

감기가 심하게 들렸다며 맑은 콧물을 연신 옷자락으로
훔치시는 한 할아버지가 병원에 오셨다. 기침이 잘 낫지 않는

다고 말씀하셨지만 맑은 콧물이 입술 근처까지 흘러내리고 있었다.

"약국에 앉아 가 옆에 아줌마랑 얘기했는데 수액을 좀 달아 맞으면 빨리 낫는다데. 그래서 오늘부터 며칠 달아 맞을 끼다. 잘 봐 두게이."

그렇게 오셔서 하루 수액을 맞으셨고 다음 날이 되었다. 또 수액을 맞으러 오셨는데 숨쉬기도 힘들고 가슴이 답답하다 하셔서 x-ray를 찍었다. 사진을 보던 원장님 얼굴이 굳어졌다. 한참을 모니터만 바라보시더니 굳게 닫혀 있던 입을 떼셨다.

"와, 할배요. 폐가 뿌옇네. 이러니 안 낫지. 진짜 안 좋으시네요."

"돈은 얼마든지 들어도 좋으니 낫게만 해 주이소."

잘 모르는 내가 봐도 안 좋아 보였다. 공기가 들어가 있는 폐는 검게 보여야 하는데 거미줄이 잔뜩 처져 있는 낡은 폐가처럼 빼꼼한 부분이 없었다. 수액을 맞으러 가는 아버지의 어깨가 유난히 작아 보였다. 지팡이에 의지해 다리를 절며 걷는 뒷모습은 또 왜 그리 측은해 보이는지.

수액을 놔드리는데 귀가 잘 들리지 않던 할아버지는 고

함을 치듯 당신 이야기를 늘어놓으셨다.

"내가 올해 여든여덟이다. 내가 2남 2녀를 낳았는데 우리 아들이 일본 여자를 만나 결혼했다. 재산이 50억인데 한국 넘어오래도 안 오네. 그거면 한국서 살 수 있다 해도 말을 안 듣는다. 이거 맞고 나서 며느리한테 돈 받기로 했다. 딸은 돈 냈다고 하면 안 준다. 돈 쌓니라 바쁘다. 영수증 끊어 가가 며느리 보여주면 돈 준단다. 맞고 나아야지. 지독하다. 지독해."

내가 이야기할 틈도 없이, 호응해 드릴 짬도 없이 할아버지는 이야기를 이어 가셨다. 얼마나 진지하게 이야기하시는지 침까지 흘려가며 열변을 토하셨다. 이야기하시는 아버님은 왠지 쓸쓸하다 못해 씁쓸해 보였다. 돈이 많아도 몸은 이미 망가졌고 곁에 두고 싶은 자식들은 멀리 있고.

수액을 놔드리고 나오기까지 이야기는 끝이 없었다. 수술을 받고 겨우 살려놓은 다리마저 끊어 내고 싶다는 무시무시한 이야기를 끝으로 나는 자리에서 벗어났다.

돈으로 젊음을 살 수 없기에 가장 젊은 오늘을 건강하게, 최선을 다하며 살아내야겠다는 생각이 인다. 소 잃고 외양간 고치는 일을 만들어서는 안 되겠다.

할머니 손 손수건

일할 때 '땀이 비 오듯 하다?'는 걸 느낀 건 처음이었다. 에어컨 바람 빵빵한 실내에서 땀이 흘러 환자에게 떨어졌다면 누가 믿어줄까?

우리 병원은 원장님 포함 5명의 직원이 있다. 그중에 한 분이 간호사 출신 사모님이다.

수부(접수대)를 맡아서 봐주시기 때문에 우리는 주사에 집중할 수 있고 바쁘면 수부를 돕기도 한다. 그냥 모든 일을 하고 있지만, 어제는 최고의 전투력이 필요한 날이었다.

사모님이 친구들과 3박 4일간 여행을 가셨다. 이런 경우가 흔치 않은 일이기에 걱정도 됐다. 게다가 입사한 지 3달이 안 된 직원이 있어서 염려도 됐지만, 천천히 해보자며 서로를 다독였다.

금요일답게 환자가 물밀듯이 몰려왔다.

거기에 수액 오더까지 나오니 그야말로 혼비백산이었다. 주사가 밀려도 할 수 없었다. 직원들끼리도 안전을 위해 천천히 하자며 의지를 다졌다. 11시 반쯤, 이미 속옷이 홀딱 젖은 느낌이다. 이 정도로 젖은 건 올해 처음이었다.

'요새 운동해서 땀구멍들이 열려버렸나? 왜 이러지?'

등줄기로 흐르는 땀도 모자라 이제 앞 머리카락에 땀이 맺혔다. 거미줄에 송알송알 이슬 맺히듯 내 머리카락에도 땀이 맺혔다. 혈관주사를 놓으려고 허리를 숙이는데 한 할머니 팔에 땀이 흘렀다. 이때였다.

"왜케 바쁘노? 정신없네. 땀은 와이래 콩죽같이 흘리노?"

라고 하시더니 아무 거리낌 없이 내 머리카락에 땀과 이마에 맺힌 땀을 손으로 닦아 주셨다. 깜짝 놀랐다. 친분이 있는 분도 아니었고 자주 오시는 분도 아니었다. 그럼에도 선뜻 남의 땀을 닦아준다는 게 쉽지 않은 일일 텐데 할머니의 행동에 적잖이 놀랐다. 감사하다고 연신 인사를 드리고 나왔다. 바쁜 와중에도 내 가슴은 따뜻하게 데워졌다. 따뜻하고 다정했던 그 손길이 한동안 잊히질 않았다. 감동적이었고 그저 감사한 마음에 가슴이 몽글거렸다. 오후 내내 나도 저분처럼 늙어가고 싶다고 생각했다. 무엇을 많이 베풀고 나누는 것도 좋지만 작은 것 하나에도 마음을 쓰고, 진실한 가슴으로 나누는 사람이 되고 싶어졌다. 할머니 손 손수건은 한동안 잊히지 않을, 감사한 기억으로 자리 잡았다.

'감사해요. 할머니.'

음식에 담긴 마음

오늘도 먹을 것으로 정을 나눠주신다.

주머니에 쑤셔 넣어주시는 사탕이나 초콜릿도 정이고, 당신이 만들었다며 건네주시는 반찬도 정이다.

"점심은 어떻게 먹어?"

"코로나 전까지는 사모님께서 점심 준비를 해주셨는데 코로나 터지고는 반찬 챙겨 와서 밥만 해서 먹어요."

점심은 어떻게 해결하는지 궁금해하는 엄마들은 다음번에 오실 때 반찬을 해서 갖다주시기도 한다. 오징어와 견과류가 들어간 무말랭이무침은 물론 콩잎 삭힌 것, 손 많이 가는 호박죽에, 봄 향기 물씬 나는 쑥국, 새알 동동 떠 있는 팥죽까지 정성과 사랑이 듬뿍 담긴 음식을 만들어서 갖다주신다. '이런 게 정이구나.' 싶어 감동할 때가 많다.

오늘도 어김없이 주사실에서, 많은 이야기가 오고 갔다. 호박죽을 끓여서 9집이나 나눠서 먹었다며 S 엄마가 호박죽 요리법을 읊으셨다.

내가 어릴 땐 손도 안 대던 음식인데 입맛도 세월 따라 변하는 건지 40대가 되자 호박죽이 먹고 싶을 때가 종종 있었다. 그럴 땐 반조리 된 호박죽을 사서 데워먹곤 했다. S 엄마의 호박죽 이야기에 나도 모르게 군침이 돌았고 입맛을 다셨다.

"저도 호박죽 좋아하는데…"

"그렇나? 다음에 만들면 이모야 들 거도 만들어가 줄게."

S 엄마가 하시는 말씀은 으레 하시는 빈말인 줄 알았다. 며칠 뒤, 따끈따끈한 호박죽을 건네받았다.

"진짜 갖고 오셨어?"

"내가 준다고 안 하더나? 이렇게 만드는 집 없데이, 이것저것 많이 넣었데이."

"진짜 감사합니다. 잘 먹을게요."

집에까지 들고 가려니 눈에 밟혀서 참을 수가 없었다. 점심시간이 되자마자 보기 좋게 한 수저 떠서 입에 넣었다. 달콤한 호박 향이 입과 코를 행복하게 해주더니 콩과 새알심, 조와 견과류가 심심하지 않게 해줬다. 이윽고 고소함이 더해졌다.

"우와 대박!"

대박을 연신 외치며 자꾸만 먹게 된다. 조금만, 조금만 하다가 결국엔 한 그릇을 말끔히 비워버렸다. 여운이 어찌나 남던지 빈 수저만 계속 핥았다. 엄마의 정성에 한 번, 맛에 한 번 감동했다.

처음 근무했던 병원에서도 엄마, 아빠들의 정을 느낄 때가 많았다. 그 병원은 참외가 유명한 마을 성주에 있었다. 여름이 시작되기 전, 참외가 나오기 시작하면 첫물이라며 봉지에 담아와서 나눠주셨고 명절이 다가오면 한 상자씩 선물도 해주셨다.

"이렇게 큰 걸 받아도 됩니꺼?"

"줄 수 있는 게 이런 거밖에 없다. 열심히 농사지은 거다.

그래도 좋아해 주니 좋네!"

다리가 아파서 절뚝이며 돌아가시는 모습을 보니 감사하면서도 눈물이 날 것 같았다. 아직도 그 뒷모습이 눈에 선하다. 힘들게 농사지은 것도 거뜬히 내어주시는 그 마음이, 음식 안에 담겨있는 그 마음이 애정이라고 생각하니 울컥해진다. 챙기는 마음, 더 주지 못해 미안해하는 그 마음에 감사한다.

4장

결국엔 사람

말 한마디의 힘

"수고했어요."

처음이었다. 지금껏 주사를 많이 놓았지만 수고했다는 말을 듣고 감동이 밀려와 울컥했던 건 11년 만에 처음 있는 일이었다.

'왜 그랬을까? 난 또 왜 그 말에 감동했던 것일까?'

분명 자주 들었던 말인데 아리송했다. 지금까지 표면적인 인사로만 무심히 받아들였던 것 같다. 만나면 "안녕하세요."라고 인사하는 것처럼 자연스레 받아들였나 보다. 그날은 무뚝뚝했던 아빠가 그리 말씀해주셔서 그랬던 건지, 아니면 조용한 공간에 울리던 음성 때문인지 알 수 없지만, 아무튼 감동적이었다.

"네…"

가슴 한구석이 먹먹해져 오는 묘한 감정 때문에 잠시 당황했고, 그 바람에 도망치듯 주사실을 빠져나왔다. 돌이켜 생각해보니 그때는 정신력으로 버티고 견디던 상황이었다. 양말 바닥에 구멍이 날 정도로 병원을 뛰어다녔고, 밤마다 녹초가 된 채로 집에 도착하면 벗어놓은 옷가지처럼 널브러져 버렸다. 하루하루가 고된 날들의 연속이었고 몸도 마음도 지쳐있을 때였다.

아빠는 마치 내 상황을 알고 계시고 내가 겪는 고단함을 알아주시는 듯했다. 수고했다는 말 한마디가 나를 토닥거려 준 느낌이었다. 그날은 홍삼 10뿌리를 먹은 듯한 기운이 솟아나 하루를 거뜬히 보낼 수 있었다.

'친절한 말은 간단하고 짧은 말일 수 있어도 그 메아리는 끝이 없다.'라던 마더 테레사의 명언처럼 말 한마디가 주는 힘이 메아리처럼 다가와 행복한 하루를 이어갈 수 있었다. 입원실이 있는 병원에서 근무할 때도 수액을 달아드리고 나면 수고했다는 인사를 많이 들었다. 나는 내 일을 한 것뿐인데 수고했다는 인사가 괜스레 부담스럽게 느껴졌다. "네"라고 그냥 받으면 될 텐데 "아니에요."라고 말하며 돌아섰다. 그때는 그렇게 하는 것이 예의라고 여기던 시절이었다. 이제는 "감사합니다"라고 받을 수 있을 만큼 마음도 무르익었다. 거기에 더해 '나의 노고를 알아주시다니!'라며 기쁘게 인사를 받는다.

한번은 한 엄마께 엉덩이 주사를 놔드리고 엉덩이를 있는 힘껏 문질러드렸다. 일면식도 없는 낯선 엄마였지만 그리해드리고 싶었다. "천천히 옷 올리고 나오세요."라고 전하고 내가 먼저 주사실을 빠져나왔다. 잠시 뒤, 옷을 여미고 나오시던 엄마가 갑자기 내 어깨를 두드리셨다.

"예?"

놀란 듯한 눈으로 엄마를 바라보았다.

"주사를 잘 놔줘서 병이 50%는 나은 것 같다고 원장님께 그랬더니 웃으시네. 수고했어요."

"감사합니다."

엄마의 따뜻한 마음이 담긴 유머 섞인 말 덕분에 나는 오전 내내 즐겁게 일할 수 있었다.

말속에는 마음과 신체를 움직이게 하는 강력한 힘이 있다고 한다. 엄마, 아빠께서 수고했다는 말을 무심코 하셨을지라도 그 말은 나를 안아줬고, 나를 위로했으며 나를 응원했다. 말 한마디로 천 냥 빚을 갚는다지만 나에게는 천 냥을 얻은 듯한 하루가 되었다. 말이 주는 힘을 고스란히 느꼈던 값비싼 날이었다.

간호조무사도 간호가 필요해

"18, 이 년이 미쳤나? 죽고 싶나? 와~ 이 간호사가 사람 잡는데이, 여 좀 와보소. 이 미친년한테 나는 못 맞겠다."

수액을 맞기 위해 진료실 옆방에 누워 계셨던 남자분의 목소리였다. 진료실에 있던 나는 원장님께 양해를 구할 틈도 없이 뒷방으로 향했다. 얼마 되지 않은 새내기 간호조무사가 아저씨께 온갖 욕받이가 되고 있었다.

"무슨 일이세요?"

"저 간호사가 2번이나 찌르고 또 찌른다고 하잖아."

"죄송합니다…"

죄송하다는 인사를 대신하고 새내기 간호조무사를 내보낸 뒤, 아저씨를 달래기 시작했다. 이야기를 나누다 보니 강약약강(강한 자에겐 약하고, 약한 자에게 강한 사람)인 사람이었다. 이런 분들은 죽자고 달려들면 승산이 없다. 그저 낮은 자세로 다가가면 간이고 쓸개고 다 내어 줄 수 있는 사람이기도 하다. 나도 사람이기에 우리에게 막말하는 이런 사람은 한 대 쥐어박고 싶지만 그럴 수 없는 상황이 한탄스러울 뿐이다. 나는 내 본분을 지키기 위해 중립으로 자리를 지켜야 했다. 사실 혈관이 좋은 분이었다. 혈관이 좋은데 실수하는 게 이해 안 되는 아저씨 입장도 이해가 됐다. 아저씨는 어르고 달래 기분 좋게 영양제를 맞고 가셨지만, 새내기 간호조무사에겐 상처로 기억될 날이라는 게 속상했다.

이런 날은 우리에게도 간호가 필요하다.

원장님께서도 "신경 쓰지 말고 털어버려."라고 하셨지만 꿉꿉한 기분은 쉬이 뽀송해지지 않았을 터, 기분 전환을 시켜주고 싶었다.

새내기 간호조무사에게 서프라이즈를 해주고 싶어 기숙

사에 들어가기 전 통닭을 주문했다. 퇴근 시간에 맞춰 통닭이 배달되었고 물리치료사 선생님들과 둘러앉아 다 같이 통닭을 뜯었다. 맥주도 기울이며 열심히 뜯었다. 시골 마을에서 유일하게 누릴 수 있는 호사였다. 이야기를 나누다 보니 너도, 나도 울고 웃기를 반복하고 있었다. 통닭으로 위로가 되었을지 모르겠지만, 우리가 나누고 토닥였던 시간이 약이 되었는지는 모르겠지만, 약간이라도 치료가 됐길 바란다. 어쩌면 그런 일은 또다시 일어날지 모른다. 그럴 땐 조금 더 단단해진 마음으로 거뜬히 이겨냈으면 좋겠다. 그날 그 사건이 굳은살이 되어 앞으로는 이런 일에 상처받지 않는 간호조무사가 되길, 누구보다 단단한 간호조무사가 되길 바란다. 우리는 간호조무사지만 때로는 간호가 필요하다. 그게 통닭이 될지라도.

9시 넘어서 오세요

병원에서 엄마, 아빠께 듣는 최고의 인사는 단연 고맙다는 인사다.

"나 혈관 없다고들 하는데 단번에 놔줘서 고마워요.", "아픈 거 정말 싫은데 안 아프게 놔줘서 고마워요.", "와! 안 아프게 주사 주는 간호사다.", "주사 잘 놓는 아가씨네.", "내 혈관 단번에 찾는 사람 없는데 달인이네, 달인."이라고 하시는 말씀은 어깨춤을 추게 한다. 으레 하는 인사라 할지라도 마음을 따뜻하게 해주고 자아존중감도 자라게 해 준다. 일하다 보면 생각지 못한 작은 곳에서 감사 인사를 들을 때도 있다.

침대에 누워있다가 일어나실 때 부축해드려도, 엉덩이 주사를 놓고 문질러 드릴 때도, 코 풀고 싶다며 휴지를 달라고 하실 때도, 수액을 달아드렸더니 물 한잔 가져다 달라고 할 때처럼 아주 사소하지만 도움이 되었을 때, 아낌없이 감사 표현을 하신다. 감사 인사도 감동이지만 내가 해드리는 걸 당연하게 생각하지 않고 감사로 받아주시니 내가 더 감사하게 된다.

한번은 금요일 저녁에 오신 H 엄마가 계셨다.

주사를 맞고 나니 수액이 맞고 싶다고 하셨고 퇴근 시간이 30분도 채 안 남아서 내일 오시길 권해드렸다.

"몇 시에 문 열어요? 8시 반에 오면 되나?"

"엄마, 병원 문을 8시 반에 열지만, 기왕이면 9시 넘어서 오세요."

"왜요? 꼭 그래야 해요?"

"꼭 그런 건 아니지만 9시 이전에 진료받으시면 진료비가 비싸요. 야간진료로 들어가거든요. 게다가 내일은 토요일이니까 공휴일 진료비가 나와요. 9시 넘어오시면 조금은 아낄 수 있으니까요."

사소한 것이었지만, 진료비에 대해 솔직히 말씀드렸다.

"그래요? 정말요? 나는 몰랐어요. 9시 전에 와도, 토요일에도 비싸구나. 아무것도 몰랐네요. 정말 고마워요. 고마워요."

고맙다는 인사를 민망할 정도로 많이 하셨다.

다음 날, H 엄마는 9시가 조금 넘어 진료를 받으러 오셨다. 어제 나눈 대화처럼 수액을 맞으러 오셨고 마침 내가 놔드리게 되었다.

"아가씨가 9시 얘기해서 지금 왔어요."

시계를 보니 9시 15분이다.

"옴마야, 잘하셨어요. 토요일이라 공휴일 진료비는 나올 거예요."

"괜찮아요, 조금이라도 아꼈잖아요. 고마워요."

아픈 와중에도 미소를 잃지 않고 고맙다고 인사해주는 엄마가 참 감사했다. 감사는 감사를 낳는다고 한다. 감사는 전염도 되는 듯하다. 엄마, 아빠의 감사 인사가 내 감사를 끌어내 주시는 걸 보면 말이다. 감사는 과해도 괜찮다는 걸 일속에서 깨닫고 배워간다. 글을 쓰는 지금, 감사를 나누던 그 시간을 되돌아본다. 그 시간을 되새기며 다시 한번 감사로 물들어본다.

새댁아, 내 왔다

"새댁아, 내 왔다. 잘 있었어?"

같은 마을에 사는 C 엄마가 병원에 오시면 이름은 건너 뛰고 이렇게 인사를 하신다. 그러고 나서 아주 자연스럽게 대기실 의자에 앉으신다. 자주 보는 것도 아니고 병원에서 보는 게 전부인데도 어머니가 오시면 왠지 반갑고 든든하기도 하다. 같은 마을에 산다는 공통점 때문일까? 편하기도 하고 마음이 더 쓰이기도 한다.

C 엄마는 당뇨병을 앓고 있는데 병원에 오는 날이면 늘 당뇨를 측정해 달라고 하신다. 당뇨검사를 해드리다 보면 오

늘 먹은 식단을 읊어주신다. 요양보호사인 C 엄마는 할아버지께서 권하시는 달콤한 봉지 커피만큼은 거절할 수 없다고 하셨다. 그 덕에 당뇨 수치는 무섭게 올라가 있다. 당뇨도 당뇨지만 허리가 아프고 다리도 아픈데 주사를 맞아가며 일하신다. 하루에 세 분을 보살핀다는데 그것도 존경스럽다. 조금이라도 도움이 되고 싶어서 주사를 놓고 나면 조금 더 힘을 실어 엉덩이를 문질러 드린다.

"괜찮다. 쪼매만해라. 온종일 이러면 팔 아프다."

그러고 나면 옷매무새를 정돈하고 나가실 때 나를 껴안고 토닥거려주신다. 그럼 나도 함께 안아드린다. 그 마음이, 그 손길이 감사해 나도 모르게 그리한다. 그렇게 우린 가슴을 나눈 사이가 되었다. 병원을 나설 때도 "수고해, 내 간데이~"를 외치신다. 집으로 돌아갈 때 내가 보이지 않으면 찾으실 때도 있다. 끝까지 눈 맞춤을 하고 나서야 돌아설 때는 보이지 않는 엄마 마음이 나에게 와닿아 나는 어느새 기운이 샘솟는다. 힘들다가도 엄마가 주는 에너지에 또 한 번 힘을 내본다.

C 엄마뿐이 아니다.

수부(접수대)에 앉아있다 보면 당연히 당신을 안다고 여기고는 "내왔다", "나 왔어요"를 외치는 분들이 있다. 아예 이름도 말하지 않고 대기실 의자에 떡하니 앉아 계신 분들도 있다. 자주 오시는 분들은 접수가 일사천리로 진행되기도 하지만 이름이 가물가물한 분들이 있을 땐 최대한 양해를 구하고 이름을 여쭙는다. 굳이 이름을 말하지 않아도 접수가 이루어지면 이름을 기억해 준다는 사실에 고마워하시고 미소를 지어주신다. 그러면 그 미소가 우리에겐 힘이 되고 또 그만큼 최선을 다하게 된다. 작지만 큰 기쁨이다. 내가 할 수 있는 건 이름 석 자 불러드리며 간단히 전하는 인사 한마디가 전부지만 좋은 영향을 주고받는다. 내게 작은 소망이 하나 있다면 병원을 찾는 모든 분이 '내 왔다'를 외치는 그날까지 더 기억해 드리고, 더 알아드리고 싶다.

엄마, 아빠의 미소는 작은 것 같지만 강력한 비타민이다. 오래오래, 매일매일 받아먹고 싶은 영양제다.

우째 기억하노?

이름이 아닌 "내 왔데이~"가 인사이자 접수를 대신하는 J 엄마가 있다.

하루는 J 엄마가 딸과 함께 병원을 찾으셨다. J 엄마의 딸은 지적 장애가 있었다. 차트를 봤더니 나보다 나이가 많았다. 이후로 나는 그분을 언니라고 불렀다. 나이 차이는 별로 없지만, 흰머리가 장성한 언니는 장신구를 참 좋아했다. 병원에 올 때마다 양 손가락은 반지로 가득했다. 장신구를 좋아하던 나는 언니 손에 있던 반지에 시선을 종종 빼앗기기도 했다. 그날 이후, J 엄마를 볼 때면 반지를 좋아하던 언니가 떠올랐다. 엄마가 병원에 오셨던 어느 날, 언니의 안부가 궁금해 여쭈어보았다.

"엄마, OOO 언니는 잘 있어요? 안 오시니 보고 싶네요."

"이름을 다 기억하네. 고맙구로. 언니라고 불러주나?"

"그럼요, 저보다 나이가 많으니, 언니라고 부르는 게 맞죠."

"아이고, 고맙데이~"

언니의 안부를 물으니 정말 고마워하셨다. 진심을 알아주는 엄마가 나는 더 고마웠다. 한번은 주사 맞는 침대가 좁게 느껴질 만큼 우람한 청년을 데리고 온 엄마가 계셨다. 아드님을 자주 데리고 오셨는데 근래에는 보이지 않았다. 궁금했던 나는 엄마가 오셨을 때 조심히 여쭈어보았다.

"엄마, 요즘 아드님은 건강하게 잘 지내서? 잘 안 보이시네!"

"엄마야, 우리 아들을 기억합니꺼?"

그러자 둘 다 동시에 말을 꺼냈다.

"덩치가 크신…"

"뚱뚱한…."

이윽고 엄마는 "진짜로 아네, 우째 기억하노, 고맙구로."라고 하시더니 아드님의 근황을 이야기해 주셨다. 겉으로 봤을 때 엄마는 예민하고 까칠했다. 그에 비해 아들은 엄마 말에 무조건 순종하는 착한 양이었다. 아들의 큰 체구와 엄마의 예민함이 뇌리에 박혀있었다. 솔직하게 말하면 잊히지 않았다는 게 더 옳다. 내가 지켜본 엄마는 아들의 행동 하나하나를 다 가르치고 지적하셨다. 잘하고 있는데도 아들을 구박했다. 엄마의 목소리가 점점 내 귀에 거슬리기 시작했다.

'이걸 어찌 버티지? 어찌 견딜까?'

아들의 입장이 된 나는 가슴 한편이 욱신거리고 아려왔다. 세월이 흐르고 엄마와 이런저런 이야기를 나누다 보니 그제야 엄마를 이해할 수 있게 되었다. 알고 보니 아들은 정신적으로 조금 아픈 상태였다. 그렇게 하지 않으면 아이가 흐트러진다고 하셨다. 아들을 조금 더 강하게 키우고 싶었던 엄마의 사랑이자 절실함이었다는 사실을 뒤늦게 알게 되었다.

환자의 이름이나 외모, 사소하다고 여길 수 있는 일도 기억하고 공감해주는 것, 그조차도 나의 사명은 아닐까? 라는 생각이 든다.

오늘도 환자분의 입장에 서보려 한다. 무엇보다 사소한 것을 잘 살피고 공감 잘해 주는 간호조무사로 성장하고 싶다.

━┣━━━━▷ 뇌출혈 & 뇌졸중

〰〰〰〰〰〰〰〰〰〰〰〰〰〰〰〰〰

(뇌출혈 조기 증상)

1. 갑작스러운 두통: 일반적인 두통과는 다른, 매우 심한 두통이 갑자기 발생할 수 있습니다.

2. 구토 또는 메스꺼움: 이유 없이 구토가 발생하거나 메스꺼움을 느낄 수 있습니다.

3. 시각 변화: 시야가 흐려지거나 이중으로 보이는 증상이 나타날 수 있습니다.

4. 언어 장애: 말을 하기가 어렵거나, 발음이 불분명해질 수 있습니다.

5. 신체의 한쪽 마비: 얼굴, 팔, 다리 중 한쪽이 마비되거나 힘이 빠지는 경우가 있습니다.

6. 균형 감각 상실: 걷기 힘들거나 균형을 잡기 어려운 경우가 있을 수 있습니다.

이러한 증상이 나타나면 즉시 응급처치를 받는 것이 중요합니다. 조기 발견과 치료가 뇌출혈의 결과를 크게 개선할 수 있습니다.

(뇌졸중 조기 증상)

1. 얼굴의 비대칭: 한쪽 얼굴이 처지거나 미소를 짓기 어려운 경우.

2. 팔 또는 다리의 마비: 한쪽 팔이나 다리에 힘이 빠지거나

감각이 없어진 경우.

3. 언어 장애: 말을 하기가 어렵거나, 말이 어눌해지는 경우.
타인이 이해하기 힘든 말을 할 수 있습니다.

4. 시각 장애: 한쪽 눈의 시야가 흐려지거나, 이중으로 보이
는 경우.

5. 균형 감각 상실: 갑자기 균형을 잃거나, 걷기 힘든 경우.

이러한 증상이 나타날 경우, 즉시 응급조치를 취하고 병원에
가는 것이 중요합니다. 조기 발견과 치료는 뇌졸중의 결과를
크게 개선할 수 있습니다.

뇌출혈과 뇌졸중 차이점

뇌출혈과 뇌졸중은 서로 관련이 있지만, 차이점이 있습니다.

1. 정의

● 뇌출혈: 뇌혈관이 파열되어 뇌 안이나 주변에 출혈이 발생하는 상태입니다. 이는 주로 외상, 고혈압, 동맥류 등이 원인이 됩니다.

● 뇌졸중: 뇌로 가는 혈류가 차단되거나 감소하여 뇌세포가 손상되는 상태를 말합니다. 크게 두 가지 유형이 있습니다: 허혈성 뇌졸중(혈관이 막힘)과 출혈성 뇌졸중(혈관이 터짐).

2. 원인

● 뇌출혈: 혈관의 파열이 직접적인 원인입니다.

● 뇌졸중: 허혈성 뇌졸중은 혈전, 색전 등에 의해 혈관이 막히는 경우가 많고, 출혈성 뇌졸중은 혈관의 파열로 인해 발생합니다.

3. 증상

두 경우 모두 비슷한 증상을 보일 수 있지만, 뇌출혈은 일반적으로 갑작스러운 심한 두통과 구토가 동반될 수 있습니다. 반면, 허혈성 뇌졸중은 갑작스러운 마비, 언어 장애, 시각 변화 등이 주로 나타납니다.

4. 치료 방법

• 뇌출혈: 출혈의 위치와 양에 따라 수술적 개입이 필요할 수 있습니다.

• 뇌졸중: 허혈성 뇌졸중의 경우 혈전 용해제나 혈관 성형술이 필요할 수 있으며, 출혈성 뇌졸중은 출혈을 막기 위한 치료가 필요합니다.

자격지심은 나 혼자

병원에서는 누구에게나 친절 하려고 애썼고, 일에서만큼은 부끄럽지 않도록 최선을 다했다. 가끔 실수도 하고, 손이 가야 할 때도 있지만 나도 사람이라 그럴 수 있다며 내가 나를 인정하고 다독였다. 그러다 보니 나는 조금씩 단단해졌고 여물어갔다. 시간이 흐르는 만큼 나는 인정받는 간호조무사, 친절한 간호조무사로 성장하게 되었다. 그런 내가 문득문득 작아질 때가 있었다.

"우리 집 딸이 OO 병원 수간호사인데…."

"우리 딸이 저 위에서 간호사로 있어."

"우리 며느리가 간호사라서…"

엄마, 아빠가 무심히 꺼내는 간호사라는 세글자가 내 가슴에 던져지면 잔잔한 파동이 일어났다.

"나는 우리 딸이 간호사인데 팔 안 내준다. 한번 대달라고 하더니 벌집을 만들어놨다. 일한 지 3개월 됐는데 다시는 안 준다."라는 엄마의 이야기가 위로 아닌 위로가 될 때도 있었다.

나의 20대, 간호조무사가 되고 나니 또 다른 꿈이 자라나기 시작했다. 군인이었던 아버지 영향으로 군무원도 되고 싶었고 간호사도 되고 싶었다. 군무원을 꿈꿨으나 체력이라는 벽에 부딪혀 좌절해야 했고, 간호사가 되려니 대학진학이 필요했다. 간호사가 되고 싶은 마음에 대학을 알아보기도 했다. 늦었다고 생각할 때가 가장 빠르다는 말을 그때 믿고 움직였어야 했는데 그러지 못했던 게 지금은 후회로 남는다. 간호조무사가 되고 대학교를 알아봤다. 간호사에 대한 갈망이 남아있었기에 나름대로 방법을 찾아보았다. 방통대를 졸업해 편입하는 방법이 내 자리에서 간호사가 되는 가장 빠르고 확실한 방법이었다. 마음을 먹으면 일단 시작 해야 하는 성격 때문에 간호사가 되기 위한 도전장을 내밀었다.

'의욕만 너무 앞섰던 것일까? 욕심이 너무 컸던 것일까?'

설레는 마음으로 방통대를 입학했지만 1학년 1학기만 마친 채 모든 게 멈추었다. 돈도, 시간도 모든 여건이 안 됐다. 슬펐지만 어쩔 도리가 없었다. 아쉬운 마음을 접은 채 나는 다시 내 자리로 돌아왔다. 한 번씩 흔들릴 때도 있었지만, 나를 쓰러트리지는 못했다. 나는 생각보다 굳건했다. 그래서일까? 간호사가 되지 못한 아쉬움을 뒤로하고 간호조무사가 해야 하는 일에 더욱 열심을 내고 열정적으로 일했다. 가끔 의료 지식을 묻는 엄마, 아빠께 내가 아는 부분까지 성실히 대답해드리면 엄지를 들어주시는 분도 계셨다. 알려줘서 고맙다는 분, 그런 거였냐고 되묻는 분들도 있었다. 나만 자격지심을 갖고 있었지, 나를 믿고 신뢰하는 어르신을 만나면 나는 이미 대단한 사람이 되어있었다. 그럴 땐 마음을 다잡고 반듯이 서본다. 간호사만큼 전문 용어를 쓰지도 않고, 전문적인 기계를 다루는 것도 아니지만 간호조무사로서 나름대로 당당히 내 자리를 지켜나가고 있다. 포기할 건 포기하고,

인정할 건 인정하면서 당당한 자세로 나를 강건히, 뚝심 있게 키우고 싶다. 자격지심은 내가 만든 거였다. 내가 세운 엉터리집은 내가 부셔야 했다. 그래야 내가 다치지 않을 테니까.

간호사다, 의사다, 많은 의료직이 있지만, 간호조무사가 되어서, 될 수 있어서 행복한 사람이 되었다.

이별과 그리움 사이

가족을 잃고 살아간다는 건 정말 상상할 수 없는, 상상조차 하기 싫은 두려움과 무서움이다.

그 무서움과 아픔을 가슴에 품은 채 이겨내려고 발버둥치는 분들을 보면 가슴이 메어온다.

가족을 가슴에 품으면 평생 가슴으로 운다는 말이 사무치듯 들릴 때도 있었다. 시간이 지나면 잊힐까? 전혀 아닐 것 같다. 평생 가슴에 품고 함께 살아간다. 일하다 보면 부부가 함께 오시다가 홀로 오시는 경우를 마주할 때가 있다. 깊은 대화가 오고 가다 보면 배우자를 먼저 떠나보내셨을 때도 있고, 자식을 앞세운 분들도 만날 수 있었다. 감히 상상도, 엄두도 낼 수 없는 아픔이 전해져왔다. 가족과의 이별은 누구에게나 올 수 있지만, 가볍거나 쉬워 보이지 않았고, 낯설고 깊은 아픔인 듯했다. 그래서일까? Y 엄마의 이야기는 엉덩이 주사를 드릴 때마다 떠오른다.

Y 엄마는 엉덩이 주사를 맞을 때마다 "이쁘지도 않은 엉덩이 만져주느라 고마워요."라고 하신다.

"뭐가 안 이뻐요. 이뻐요. 엄마 엉덩이가 어때서요?"

"아이다, 못 쓴다…. 나도 엉덩이가 이쁜 시절이 있긴 했다. 걸레질한다고 엎드려서 방 닦고 있으면 OO 아빠가 엉덩이 이쁘다고 그리 칭찬했다. 엉덩이도 아깝다고 그러던 사람이 가버리고 없다."

나는 그 어떤 말로도 위로를 전하지 못했다. 주사를 맞고 나가시는 엄마의 어깨를 감싸드렸다. 어떨 땐 백 마디 말보다 포옹이 더 큰 위로가 되어줄 수 있을 거라 믿기에 두 손으로 어깨를 고이 감싸 안았다.

한번은 남편을 먼 곳으로 떠나보내고 병원을 찾으신 H 엄마를 보았다. 나는 몇 번 뵌 게 전부였지만, 사모님은 그 부부와 깊은 라포를 쌓아 오셨던지라 남 일 같지 않으신 듯했다.

남편을 보내고 병원에 오신 엄마를 세게 껴안아 주셨다. 나는 아는 척하기가 힘들었다. 그저 마음으로 빌었다. 병간호하시느라 고생하셨을 엄마도, 아파서 고생하셨을 아빠도 이제는 편안하시길 바랄 뿐이었다.

며칠 전, H 엄마와 비슷한 상황이 된 S 엄마가 병원을 찾았다. 암으로 남편을 잃었고, 홀로 남아있는 소를 돌봐야 했다. 왜소했던 엄마는 소를 돌보다가 힘에 못 이겨 넘어졌고 갈비뼈에 금이 갔다고 했다. 소를 팔아야 하는데 잘 안된다며 하소연하시던 모습이 아직도 눈에 선하다. 하소연하던 엄마의 마음이 다친 갈비뼈의 고통보다 더 아파 보였다. 나는 이야기를 들어드릴 수밖에 없었다. 그저 마음도 몸도 덜 아프시길 바랄 뿐이다. 가끔은 배우자를 잃고 잠 못 이루는 엄마를 뵙기도 한다. 평생을 의지하고, 무엇이든 함께 하던 이가 곁에 없다는 사실이 믿어지지 않는 눈치였다. 불면증으로 진료를 받으셨고, 없던 병도 생겼다. 육체적인 고통도 있었지만, 정신적으로 무너지는 분을 보면 애가 타고, 애처롭고, 속이 상했다. 그리움이 얼굴에 묻어나는 걸 보면 가슴은 더욱 아려왔다. 고통은 극복하는 게 아니라 견디는 거라지만 홀로 견디기 힘겨워하시는 걸 나도 느낄 수 있다. 이럴 땐 내가 내 자리에서 할 수 있는 최선을 택한다. 좀 더 신경 써드리고, 등 한번 쓰다듬어드리고, 기회가 되면 살포시 어깨를 안아드리는 것, 따뜻한 말 한마디 먼저 건네는 것이 내가 할 수 있는 최선이자 견뎌내는 힘을 더하는 방법이었다. 내 온기가 전해져 조금은, 아주 조금은 위로가 되길 바라본다. 또 하나, 엄마들의 그리움을 함께 나누는 것만으로도 위안이 된다면 나는 기꺼이 함께 할 것이다.

앞으로도 그런 분들과 마주하게 된다면, 이별과 그리움 사이, 든든한 징검다리가 되어드리고 싶다.

진정한 라포

내가 병원에 다니며 얻은 것들은 셀 수 없이 많다.

사람도 얻었고 사랑도 받았고 인정도 받았다. 무엇보다 병원 일에 마음을 붙일 수 있게 된 건 엄마, 아빠의 애정과 관심이 가장 컸다. 주사를 놓는 순간에도 농담을 주고받았고, 바쁘게 왔다 갔다 하는 모습을 보시고는 "저녁 되면 녹초가 되겠네."라고 하시며 마음 아파해 주셨던 일도 있었다. 관심이 없었다면 전혀 알 수 없는 일이었기에 더욱 감사했다. 이런 시간이 쌓이고 쌓이다 보니 엄마, 아빠가 가슴속 깊은 곳에 묵혀 뒀던 이야기를 꺼내시기도 했고, 가족 이야기는 물론 자신의 이야기까지 서슴없이 하시곤 했다. 나는 이야기를 들어드린 것밖에 없는데 엄마, 아빠가 닫고 있던 마음의 빗장을 열기 시작하셨다. 보이지 않는 마음의 거리가 좁혀지고 서로에게 어느 정도 신뢰가 생겼을 때 가능한 일이었다. 나에게는 일도 중요했지만, 환자와의 관계도 중요했다. 그러기에 더욱더 귀를 기울이고 더 다가가려고 애썼다.

한번은 K 엄마와 이야기를 나누는데 눈물을 훔치셨다. 너무 놀라서 왜 그러시냐고 물었더니 지적 장애가 있는 아이를 두고 떠날 생각을 했더니 눈물이 난다고 하셨다.

"내 죽으면 자는 우얄꼬, 몸도 성치 않은 저 아를 두고 우예 눈을 감을꼬."

80을 바라보고 계시는데도 하나밖에 없는 40대 딸을 걱정하셨다. 엄마와 이야기를 나누다 보니 드라마에서 보았던 비슷한 이야기가 생각났다. 요즘 엄마들에게 느는 병이 '죽음공포증'이라고 했다. 까봐 병의 일종인데 자기가 죽을까 봐 걸리는 병이라고 했다. 본인이 죽는 것이 무서운 게 아니라 내가 죽고 나면 엄마 없이 자랄 아이가 걱정되는 게 공포로 다가온다는 것이다. 그 이야기를 마주하니 K 엄마가 떠올랐다. 딱 이 심정이겠구나 싶었다.

엄마, 아빠들과 이야기를 나누다 보면 사연 없는 집이 없구나 싶다. 자식을 먼저 떠나보낸 일, 사고로 가족을 잃은 일, 가족이 병으로 고통받고 있고, 경제적으로 힘들다는 것까지 줄줄이 쏟아내실 때가 있다. 모든 이야기를 쏟아내시지는 않겠지만 속앓이하시는 모습을 엿보면 많은 생각들이 오고 간다. 마음의 한이, 마음의 고통이 얼마나 크시길래 이리 흘러넘칠까 싶은 마음에 측은하기도, 안쓰럽기도 하다. 한편으론 말씀하시기 어려운 문제임에도 나를 믿고 이야기해 주신다는 생각에 고마움과 감사가 몰려오기도 한다. 아픔을 공유하고 공감해 드리는 것, 이곳에서만 나눌 수 있는 마음이라 여겨져 소중하고 귀하다. 함께 나누는 마음은 어쩌면 환자와의 의리이기도 하다. 나를 믿어주시는 만큼 진심으로 대해드리고 싶고 진심으로 다가가고픈 마음이 간절해진다.

선한 영향력

43년간 살면서 참 많은 인연을 만났고 또 인연이 되어 함께 일을 했다. 운동에 진심이었던 분, 남을 위해 봉사하는 분, 자기 관리에 끝판왕인 분, 도전을 일삼던 분, 무슨 일이든 yes를 외치시던 분 등 정말 다양한 스타일의 인연을 만났다. 내가 만난 많은 인연 중에 좋은 모습, 부러운 모습을 보게 되면 나는 곧장 그 모습을 내 것으로 만들고 싶어졌다. 자기 관리를 잘하는 분을 보고 나면 루틴을 만들어 운동하기 시작했고, 공부를 열심히 하는 분을 보고 나면 책이라도 열심히 읽으려 했다. 봉사를 열심히 하는 분을 보고 나서 기부를 하기 시작했고, 무엇이든 yes를 외치는 분을 보고 긍정적으로 살려고 노력했다. 모든 분이 어쩌면 나에게 스승이었다. 안 좋은 모습은 피하고 좋은 모습은 모방하려 했으니까. 그중에서도 가장 큰 영향력을 선사한 분이 있다. 바로 지금 함께 일하고 있는 간호조무사 명화 선생님이다.

축구 선수인 손흥민 선수의 아버지 손웅정 님의 '나는 읽고 쓰고 버린다.'라는 책을 보면 "안팎으로 건강한 사람이 실은 가장 아름다운 사람 같아요."라는 말이 나온다. 명화 선생님이 정말 그런 분이다. 안팎으로 건강하고 아름다운 사람이다. 명화 선생님은 마음과 육체가 단단한 분이셨다. 처음 뵈었을 때부터 지금까지 흐트러짐이라곤 찾아볼 수가 없다. 무엇보다 무언가를 시작하면 끝없이 달리셨다. 요가를 시작하시더니 6년째 계속해 오고 계시고, 배드민턴과 달리기는 20년째 해오고 계신다. 병원 식구들이 '체육인'이라고 부를 만큼 운동에 진심이고 나에게 하는 도전이나 투자는 아까워하지 않으셨다. 자신과의 약속이나 목표를 이루게 되면 본인에게 보상하는 것 또한 잊지 않으셨다.

나는 나에게 투자라는 걸 정말 못 하던 사람이었다. 나보다 가족이 우선이었고 가족을 챙기고 나서 여유가 되면 그제야 나를 돌보던 사람이었는데 선생님과 일을 하면서부터 나를 조금 더 챙기고 나를 조금 더 아껴주고 싶은 마음을 갖게 되었다.

'왜 나는 나에게 인색한 걸까?'

나는 나 자신을 몰랐다. 아니, 알려고도 하지 않았다. 그저 처한 상황을 받아들이며 해결해 나가는 데만 급급했던 사람일 뿐이었다. 명화 선생님과 일을 하며 하나씩 깨우치기 시작했다. 마치 알에 갇혀 있던 내가 껍데기를 깨고 세상 밖으로 나온 듯한 기분이 들었다. 나에게 시선을 돌리고 내 마음속 소리에 귀 기울이는 방법도 배워나갔다. 그렇게 나를 사랑하며 지내다 보니 살도 16kg이나 뺄 수 있었고 내가 하고 싶어 하는 일에 열정도 쏟을 수 있게 되었다.

하루는 명화 선생님과 따로 이야기를 나눈 적이 있었다. 선생님은 내 덕에 책을 더 읽으려 노력했다 하셨고, 나는 선생님 덕분에 자기 관리와 운동을 하게 되었다고 했다. 서로에게 도움이 되고, 선한 영향력이 되어주었다. 또 하나, 내가 선생님을 존경하는 부분이 있다. 병원 일을 하신 지도 오래됐고, 이 병원에서 근무하신 지도 오래됐는데 처음 뵈었을 때와 변함없이 한결같으시다. '어떻게 이렇게 한결같지?'라는 생각이 들 만큼 변함이 없고 올곧다. 선생님을 뵌 지 5년째지만 모든 일에 열정적이고 열심이시다. 미루는 것도, 게으름도 없다. 이렇게 완벽한 사람이 또 있을까 싶을 만큼 모자란 부분이 없다. 부럽기도 하고 배우고 싶은 모습이 많은 분이기도 하다. 선생님을 뵐 때마다 '나도 한결같은 사람이 되고 싶다'를 되뇌게 된다. 하루도 빠짐없이 하는 운동과 독서, 기록하는 모습을 보고 있자면 나 또한 배움의 자세로 따라 하게 된다. 선생님이 걷고 있는 길을 따라가며 나 또한 나만의 보폭으로 따라가고 있다. 명화 선생님 덕분에, 명화 선생님이 자극제가 되어 나도 한결같은 사람이 되어가고 있다. 아직 완벽하지 않기에 내가 한 약속과 다짐을 챙기고 돌아본다. 참으로 귀하고 감사한 인연이다.

나의 에너지, 가족

"당신에게 가장 소중한 것은 무엇인가요?"라는 질문을 받는다면 어떻게 대답하겠는가?

나는 무조건 '가족'이라고 대답할 것이다. 가족은 하늘이 내게 주신 귀한 선물이다. 모두가 그렇겠지만 가족은 내 존재 이유기도 하다. 내가 가정을 이루게 되면서 원 가족에게는 소홀해졌지만 늘 마음으로 응원하고 기도했다. 원 가족들도 마찬가지로 나를 위해 기도하고 응원을 아끼지 않았다.

다시 일을 시작한다 했을 때, 가장 기뻐해 주고 응원했던 것도 가족이었다. 취업을 결정할 때 아이들 방학이 가장 큰 걸림돌이었지만 친정에서 아이들을 기꺼이 돌봐주셨다.

"딸이 일하는데 도와줄 수 있는 건 이것뿐이야, 경제적으로 도움을 못 주니 이렇게라도 도울게, 방학 동안 애들 맡기고 마음 편히 일해. 저녁에도 편히 쉬고."

일할 때도 걱정 없이, 퇴근 후에도 자유로이 지내라는 엄마의 마음이 고마웠다. 아이들은 외할머니 댁에 가서 좋아했고 나는 마음 편히 일할 수 있어서, 퇴근 후가 여유로워서 좋았다. 엄마의 도움이 없었다면 지금의 나, 일하는 나는 아마 없었을 거라고, 단호하게 이야기할 수 있다. 나를 도와주신 엄마가 무척 감사했지만, 가장 큰 도움을 받은 건 시어머님이었다. 시어머니의 도움은 도움을 넘어 헌신이었다. 나는 시어머니와 함께 살고 있고 함께 지낸 지 16년째가 되었다. 취직하고 나서 가장 큰 도움을 받은 건 시어머니에게서였다. 일하는 며느리 조금이라도 편하길 바라며 빨래, 설거지 등 집안 살림에 힘써주셨고 아낌없이 도와주셨다. 출근 전, 설거지라도 하고 있으면 "그것 놔두고 출근 준비나 해라. 바쁘게 서두르지 말고,"라며 염려하셨다. 정말 바쁠 때는 설거짓거리를 그냥 두고 출근할 때도 있지만, 가능한 한 설거지는 꼭 하려고 한다. 그것이 시어머니를 향한 미안함과 고마움에 대한 나만의 표식이었기 때문이다. 일을 시작하면서 집안일에 소홀해질까 봐 가장 눈치 보이고 죄송했던 것 또한 시어머님이었다. 예상만큼 집안일에 소홀해졌지만 기댈 언덕이 되어주셔서 감사했다. 어머님이 곁에 계신다는 것만으로도 나에겐 든든한 버팀목이 되었다. 그뿐 아니라 아이들에게도 한없이 베풀어주시던 사랑에 감동했다. 그저 감사할 뿐이다. 가족들에게 감사한 부분이 많지만 그중 놀라우면서도 가장 좋았던 건 신랑이 부엌에 들어오기 시작했다는 점이다. 부엌일은 내가 도맡아 해왔지만 나를 위해 설거지를 하기 시작했고 방 청소에 걸레질까지 해주었다. 자기도 온종일 밖에서 일하느라 녹초가 되었을 텐데 집안일은 물론, 뜨뜻한 물수건까지 준비해 어깨 마사지를 해주는 날이면 감동과 함께 사랑받는다는 느낌으로 충만해졌다. 하루의 고단함이 절로 녹아내렸다. 얼마 전부터는 중학생이 된 딸이 저녁 설거지를 해주기 시작했다.

"엄마, 키워보니 아들보다 딸이 낫지? 저녁 설거지 안 하니 천국 같지?"

생색을 내긴 했지만 밉지는 않았다. 설거지를 마친 딸을 보면 꼭 엄지를 들어줬다.

"그래, 우리 딸이 최고다. 고생했어, 고마워. 진짜."

천국을 맛보게 해 준 딸에게 고마웠지만, 딸만큼 아들도 든든한 지원군이었다. 묵묵한 아들이지만 동생을 부탁하면 잘 챙겨주고 돌봐줬다. 그것만으로도 든든했다. 지지고 볶고 싸우며 현실 남매의 적나라한 모습을 보여줄 때도 있지만 외갓집에 갔을 때도, 동생과 함께 외출했을 때도, 잘 챙겨주더라는 소리를 들으면 믿음직스러웠다. 엄마가 일을 시작하는 게 좋지만은 않았을 텐데 동생을 잘 돌봐주고 무슨 일이든 알아서 척척 해주니 입댈 일이 없었다. 아들이지만 의지가 많이 됐다. 가끔 간식을 사 와서 건네는 달콤함은 또 다른 감동을 선물해 줬다. 가족들의 응원과 사랑 덕분에 나는 지금껏 일을 할 수 있었고 이 자리에 서 있다. 가족은 나의 비타민이자 최고의 보약이다. 아이들을 제 자식처럼 챙겨주는 내 동생들, 나보다 손주들이 먼저인 아빠, 우리 집 일이라면 두 팔 걷어붙이고 도와주는 도련님(서방님) 가족, 모두에게 감사하다. 나는 오늘도 가족들 덕분에 다시 한번 힘을 내본다.

나를 일으키는 힘

19살에 취업을 나와 첫아이가 태어나기 한 달 전(내 나이 28살)까지 일했고, 둘째 아이가 어린이집에 가게 되면서 다시 일을 시작했다. 그러고 보니 쉬었던 시간보다 일해온 시간이 훨씬 많았다. 일하며 보냈던 시간을 차근차근 되돌아보니 얻은 것도 참 많았다. 그중에서도 가장 소중하고 귀했던 건 사람이었다. 세상 물정 모르던 19살의 소녀들이 함께 취직했고, 경제활동이라는 것을 하다가 어느새 엄마가 되었다. 또 그와 다르게 자기 경력을 쌓아가며 입지를 다지는 친구도 생겼다. 나와 같이 엄마라는 이름표를 단 친구, 일에서 우월함을 내비치는 또 다른 친구들을 보면서 나는 내 자리에서만큼은 열심히 살아내겠다는 다짐을 하곤 했다. 그런 마음가짐이 늘 서로에게 좋은 자극제가 되어주었다. '이래서 친구, 친구 하는 가 보다.'라는 생각이 들기도 했다. 친구, 선배, 후배 등 참 많은 인연이 있었지만 수많은 인연 중에서도 병원 식구들은 나에게 또 다른 가족이나 다름없었다. 같은 병원에서 동고동락하며 지내 온 간호사들, 방사선사 선생님들, 물리치료사 선생님들, 원장님들과 사무장님, 이사님은 지금까지도 소중히 여기는 인연들이다. 경조사를 챙기기도 하고, 가끔 서로의 안부를 묻는다. 시간이 되면 모임도 하고 얼굴도 본다. 자주 볼수는 없지만 그래서 서먹할 것도 같지만 꼭 그렇지만도 않다. 같은 추억을 공유해서일까? 꼭 어제 만났던 것처럼 어색하지 않고 다정하다. 좋은 일이든 나쁜 일이든 공유하고 함께하다 보니 가족처럼 찐하고 가까워졌다. 함께 했던 시간이 추억으로 남아있지만, 그 추억을 먹어가며 오늘도 힘을 내고 살아간다.

'그땐 이랬는데, 이럴 땐 이랬는데…'라며 추억을 곱씹으며 일을 할 때도 있다.

사람은 나이가 들수록 추억을 먹고 산다고 하지 않나.

그 시절, 그 인연이 없었다면 참으로 공허했을 것 같다.

나는 그들로 인해 마음만큼은 부유하다. 부러운 사람도 없고 욕심나는 것도 없다. 여전히 내 옆에 있는 그들 덕분에 나는 오늘도 단단히 살아갈 수 있어 고맙다.

병원 일은 진료와 치료도 포함되지만, 사람과 대면하는 일이다 보니 환자들과 친분도 쌓게 된다. 따뜻한 말 한마디는 물론 먹을 것도 나눠주시지만 마음도 함께 나눈다. 그래서일까? 내가 생각하는 세상은 아직 살만하고 따뜻하다. 병원을 친정이라고 하는 엄마도, 대한민국에서 여기 간호사가 최고라는 아빠들 덕분에 힘이 솟는다. 함께 부대끼며 살다 보니 '세상은 혼자서 살 수 없다.'라는 진리를 다시 한번 깨닫게 된다. 시간이 흐를수록 더더욱 뼈저리게 느낀다. 20년이 넘는 시간을 돌이켜보니 나를 살게 하는 힘, 나를 일으키는 힘은 모두 사람이었다는 것을 깨달았다. 세월이 흐르며 많은 것이 변했고, 아직도 변화하고 있지만 내게 남은 건 내 곁을 지켜준 사람들과 추억뿐이다.

나는 오늘도, 내일도 내 사람들과 오래오래 함께하고 싶다. 더는 욕심내지 않는다. 그거면 된다.

누구보다 나

우연을 가장한 필연으로 한 영상이 내게 왔다. 그 영상은 황창연 신부님의 강의였고 강의를 듣자마자 가슴이 먹먹해졌으며 이내 눈시울을 붉혔다. 대장암 말기 환자에 관한 이야기였다.

"얼마 전, 우리 집에 대장암으로 (암이) 온몸에 퍼져서 돌아가신 분이 계세요. 죽기 일주일 전에 나를 딱 끌어안고 울면서 이런 말을 했어요. 신부님, 나는 내가 이제 곧 죽을 것 같은데 나는 남편한테도 안 미안하대요. 왜 안 미안하냐면 남편 평생 집 돌본 적이 없대요. 그래서 하나도 안 미안하대요. 그리고 자식한테도 안 미안하대. 왜, 자기가 빌딩 청소해서 대학까지 졸업시켰대요. 그런데 누구한테 미안하냐면 자기한테 미안하대. 자기는 이 47년을 살면서 한 번도, 고생만 했지 자기 맛있는 고기를 사준 적도 없고 자기한테 예쁜 옷을 해 입힌 적도 없고, 좋은데 구경시켜 준 적도 없다는 거야. 그런데 지금까지 고생만 하다가 덜컥 병에 걸려서 죽는다는 거예요. 그래서 자기한테 너무너무 미안하다는 거예요. 그런데 이제 죽는다는 거예요. 자기한테 한 번도 잘해 준 적이 없는데 너무 자기한테 미안하다는 거예요. 이제 여러분들, 여러분들에게 맛있는 거 있으면 사주세요. 예쁜 옷 있으면 사 입히고 좋은 데 있으면 구경도 좀 시켜주고."

얼마나 허망하셨을지 그 마음을 가늠할 수가 없었다. 강의를 듣고 나니 나도 나에게 미안해지고 싶지 않았다.

'남을 챙기느라 나에게 소홀했던 적은 없었던가?'

고민하고 또 고민했다. 고민의 끝은 나를 위한 삶을 살아내겠다는 마음가짐이었다. 이제는 남보다 나를 조금 더 생각하고 아껴주고 사랑해 주고 싶다. 요즘 부쩍 암으로 돌아가셨다는 분들의 이야기를 자주 전해 듣는다.

"폐암 진단받으셨는데 며칠 전, 급성폐렴으로 돌아가셨대요."

"살고 싶다고 항암 치료도 14번이나 받았는데 유방암이 전신에 전이돼서 먼저 갔어. 아직 젊은데…."

이야기를 건너 들은 분들은 전부 5~60대였다. 청춘이라고 불릴 만큼 아직 젊은 나이인데 돌아가셨다니, 그것도 살고 싶어 했는데 돌아가셨다 하니 안타까움에 마음이 아려왔다. 이야기를 전해 듣고 나서는 한동안 씁쓸함이 이어졌다. 돌아가신 분들의 차트를 꺼내 보니 아주 평범했고, 약을 타기 위해 정기적으로 병원에 오셨던 분들이었는데 그저 안타깝고 서글펐다.

죽음은 늘 우리 곁에 있다. 누가, 언제, 먼저 먼 곳으로 여행을 떠날지는 아무도 모른다. 언제가 될지 모르는 그 언젠가의 나에게 미안하지 않도록 최선을 다하고 사랑하고 아끼며, 그 누구보다 나를 돌볼 줄 아는 사람이 되고 싶다. 언젠가 긴 여행을 떠나게 될 그날, 울면서 후회하기보다 잘 살다 간다고 웃으며 손 흔들고 싶다.

⊨ 호흡기질환

~~~~~~

호흡기 질환은 호흡기 계통에 영향을 미치는 질환으로, 주요 종류에는 다음과 같은 것들이 있습니다.

1. 천식: 기도의 염증과 과민 반응으로 기침, 호흡 곤란, 천명음(쌕쌕거림)이 나타나는 만성 질환입니다.

2. 만성폐쇄성폐질환(COPD): 주로 흡연에 의해 발생하며, 만성 기관지염과 폐기종을 포함합니다. 호흡 곤란과 기침이 주요 증상입니다.

3. 폐렴: 폐에 염증이 생기는 질환으로, 감염(바이러스, 세균 등)으로 인해 발생합니다. 기침, 발열, 호흡 곤란 등의 증상이 나타납니다.

4. 결핵: 결핵균에 의해 발생하는 감염병으로, 기침, 체중 감소, 발열 등의 증상이 있습니다. 전염성이 강합니다.

예방 및 관리

- 금연 및 간접흡연 피하기
- 정기적인 예방접종(예: 독감, 폐렴)
- 건강한 생활 습관 유지(운동, 영양)

호흡기 질환은 조기 발견과 적절한 치료로 관리할 수 있으며, 심각한 합병증을 예방할 수 있습니다.

콜레스테롤 수치 237

"처방전이 2장이에요."

"두 장? 왜?"

"약이 너무 많아서요."

G 아빠는 당황한 기색이 역력한 얼굴로 처방전을 낚아채 듯 들고나가셨다.

"아픈 곳이 얼마나 많은지 약이 한 줌이라서 먹고 나면 배가 불러서 밥을 못 먹겠다."라고 하시는 엄마도 계셨다. 술 때문에 간 수치가 나빠져 간경화가 오기 직전인데도 술을 끊지 못하시는 분이 계셨고, 당뇨병을 앓으면서도 음식을 절제

하지 못해 이것저것 가리지 않고 먹는 바람에 고혈당증이 나타나는 분도 계셨다. 심지어 콩팥(신장) 기능이 나빠져 빈혈까지 온 상황인데도 먹으면 안 되는 관절염 약까지 드셔서 신장 기능이 더 나빠진 경우도 보았다. 약을 줄이고 싶다 하시면서 생활 습관을 고치지 않는 아이러니한 상황을 마주할 때가 있다.

"당뇨에 좋은 음식은 뭐야?"

"간 수치는 어떻게 해야 낮출 수가 있지?"

"고지혈증은 왜 생기지?"

"빈혈은 왜 생겨?"

대부분 질환은 유전과 체질에 따라 생긴다지만 식습관과 생활 방식의 문제로 발생하는 예도 많다. 타고난 것을 바꿀 수 없다면 일상생활에 변화를 줄 필요가 있다. 근본적인 문제를 약물치료만으로 해결하기에는 어려움이 있다는 말이다.

나도 석 달 전부터 고지혈증 약을 먹기 시작했다. 예전에 비해 상당한 피로감과 피곤함을 느꼈고 갑상샘 질환이 있는 건 아닌지 의심되어 여러 가지 피검사를 받았다. 피검사 결과를 마주한 후 적잖은 충격을 받았다. 망치로 머리를 한 대 맞은 듯한 기분이 들었다. 총 콜레스테롤 수치가 237 이었다.

"약 먹어야겠다. 약 먹자."

200까지는 괜찮다고 하는데 이 수치는 약을 먹어야 한다며 원장님의 처방이 내려졌다. 지름이 0.5cm도 안 되는 아주 작고 하얀 알약을 아침마다 한 알씩 먹으면 된다지만 내가 질환으로 약을 먹게 되었다는 사실 자체가 용납하기 어려웠고 혼란스러웠다. 나는 평생 약의 도움 없이 살 거라 장담했고 건강하다고 자부했었다.

석 달 전, 나의 착각은 완전히 무너져 내렸다. 넉 달째 약을 먹고 있고 3주 전부터 식단 관리와 운동도 시작했다. 조급한 변화를 바라기보다 생활에 조금씩 변화를 주기로 했다. 나를 사랑하는 방법이 무엇인지 찾아가는 중이다.

'세월 앞에 장사 없다'라는 속담이 새삼 피부에 와닿는다. 가는 세월을 막을 수 없다면 아프지 않고 건강하게 익어가고 싶다.

고지혈증

고지혈증은 혈액 내 지질(콜레스테롤과 중성지방) 수치가 비정상적으로 높은 상태를 말합니다. 주로 LDL(나쁜 콜레스테롤) 수치가 높고 HDL(좋은 콜레스테롤) 수치가 낮은 경우 발생합니다.

고지혈증은 심혈관 질환, 동맥경화증 등의 위험 요소가 되며, 증상이 뚜렷하지 않아 "침묵의 질병"이라고도 불립니다. 관리 방법으로는 건강한 식습관(저지방, 고섬유질), 규칙적인 운동, 체중 관리, 필요시 약물 치료가 있습니다. 정기적인 혈액 검사를 통해 지질 수치를 모니터링하는 것이 중요합니다. 총 콜레스테롤 수치가 200, 중성지방은 150까지가 정상입니다.

고지혈증은 별다른 증상이 없기에 모르고 지내는 분이 정말 많습니다. 저 또한 그랬으니까요. 주기적인 검사를 원하시면 피검사가 가능한 의원, 또는 준, 종합병원으로 가시면 되고,

건강검진으로도 가능하지만 무료 검사는 4년에 한 번씩 해당

하니 필요하시거나 궁금하신 분들은 건강검진 시 추가 검사

를 요청하시면 됩니다.

마음 자세

"다리가 아파가 잠을 몬 잤다. 장갱이가 땡기고 아프고…. 입맛이 없어가 밥도 못 먹고, 힘도 없고."

한때는 건장했던 아버지셨다. 90이 가까워진 나이에도 불구하고 오토바이를 직접 몰고 병원에 오고 가서서 대단하다고 생각했던 분이었다. 내가 잠시 병원을 그만뒀던 그해, 아버지는 오토바이 사고로 저승 문턱까지 갔다가 다시 돌아오셨다는 소식을 들었다. 키도 크시고 지팡이가 필요 없을 만큼 짱짱했던 분이었는데 하루아침에 다리가 4개가 되셨다. 지팡이를 양손으로 쥐고도 걸음을 겨우 걸으셨다. 귀까지 제 역할을 다 못하고 있으니 소통도 힘들었다. 총체적 난국이다.

잠시 후, 수액 오더가 내려지고 아버지는 순순히 따르셨다. 너무 아파한 아버지께 해열, 진통, 소염제가 든 주사(혈관 주사용)가 처방 내려졌다.

"아버지요, 이거 맞으면 훨씬 안 아플 거예요."

"안 들긴다. 뭐라고?"

"이 주사 맞으면 안 아플 거라고요!"

"진짜가? 안 아프나? 내가 어제 한숨도 못 잤다."

주사를 놔드리고 이불을 제대로 덮으려는 순간,

"다리 좀 주물러 봐라, 다리가 터져 나갈 것 같다."

월요일에 장날, 바쁜데도 아버지를 모른척하기 어려워 잠시 다리를 주물러 드렸다.

"그쪽 말고 이쪽."

표현은 또 어찌나 잘하시는지, 안마를 하는데 종아리가 내 손안에 거뜬히 들어온다. 마를 대로 말라버린 아버지의 다리가 괜스레 측은했다.

"아부지, 바빠가 저 가니데이~~~ 맞고 계셔. 불편한 거 있으면 부르시고~"

귀에 대고 소리를 질러야 소통이 되니 여간 어려운 게 아니다. 바쁜 시간이 흐른 뒤, 다시 아버지를 찾았더니 좀 전과는 다르게 아버지 얼굴에 미소가 보인다.

"내 다리가 하나도 안 아프다. 신기하네, 아픈 게 다 달라 가삤따. 진짜 신기하네."

"안 아플 거라 했잖아요. 조금 더 맞아 보세요."

"인자 다 나은기가? 밤에 또 아픈 거 아이가? 어제 잠 한숨도 못 잤는데, 괜찮겠제?"

좋으면서도 염려하시는 그 모습을 보니 가슴이 아려왔다. 오래가지 못할 걸 알기에 오늘 밤만이라도 편히 주무시길 바랐다. 일희일비할 수밖에 없는 어르신들을 뵈면 더욱 마음을 쓰게 된다. 병원 오는 게 낙이라는 분도 계시니 한 분, 한 분 섬세히 대하고 싶기도 하다.

주사가 낙이고 약인 분들을 위해 나는 오늘도 최선을 다한다. 내가 할 수 있는 최대한의 친절과 다정함으로 다가가려 한다. 그러다 다 나았다, 안 아프다는 분들을 뵈면 나도 모르게 으쓱해진다. 내가 이 일을 놓을 수 없는 이유 중 하나 이기도 하다.

많이 써서 닳아진 몸을 다 고칠 수 없지만, 마음만큼은 위로와 평안을 안고 돌아가셨으면 좋겠다. 그게 우리가, 내가 해야 할 일이기도 하다.

아버지 덕분에 내 마음 자세를 다시 한번 되짚어보고, 고쳐 잡게 됐다. 이 일을 하게 되는 그날까지 변함없는 마음으로, 그분들에게는 따뜻함으로 남고 싶다.

〰〰 통풍

통풍은 혈중 요산 수치가 상승하여 관절에 요산 결정이 쌓이는 질환으로, 주로 엄지발가락, 발목, 무릎 등에서 갑작스러운 통증과 염증을 유발합니다.

주요 원인은 고요산혈증으로, 이는 고단백 식사, 음주, 비만, 유전적 요인 등으로 발생할 수 있습니다. 통풍 발작은 종종 밤에 발생하며, 통증과 부기, 발열을 동반합니다.

예방 및 관리 방법으로는 저퓨린 식단(고기, 해산물 제한), 충분한 수분 섭취, 체중 관리, 약물 치료(요산 강하제) 등이 있습니다. 정기적인 검진을 통해 요산 수치를 모니터링하는 것이 중요합니다.

통풍은 남, 여 모두 걸릴 수 있는 질병이고 특정 관절에 주로 발생하지만, 여러 관절에서 나타날 수 있습니다. 일반적으로 통풍 발작은 엄지발가락에서 가장 흔하게 발생하며, 그 외에도 발목, 무릎, 손목, 손가락 등의 관절에서도 통증과 염증이 나타날 수 있습니다.

발작이 반복되면 다른 관절로도 옮겨갈 수 있으며, 시간이 지남에 따라 관절 손상이 발생할 수 있습니다. 따라서 통풍이 의심되면 조기에 치료하고 관리하는 것이 중요합니다.

병원을 내원하시는 분 중에 맥주를 많이 드셔서 통풍이 재발하시는 분들을 자주 뵈었습니다. 통풍약을 드신다면 음주만큼은 삼가시길 바랍니다.

나는 간호조무사입니다

간호조무사는 간호사의 지도하에 업무를 보조하는 일을 수행한다고 정의한다. 3차 병원처럼 큰 병원에서는 그렇다곤 하지만 정의와는 다르게 간호조무사가 병원에서 주된 업무를 보는 곳도 많다. 의원에 대부분은 간호조무사들로 운영되고 있다. 그만큼 간호조무사의 입지도 상당하다.

나 역시 간호사가 있는 병원, 없는 병원에서 모두 일해보았지만 하는 일은 별반 다르지 않았다. 그 후로 좀 더 자신 있게, 좀 더 당당해 보리라 다짐했다.

간호사는 간호대를 졸업하고 시험을 쳐서 간호사가 되지

만 간호조무사는 고등학교 이상 학력자가 1,520시간 교육 이수를 하고 간호조무사 시험을 쳐야 할 수 있다. 나도 간호조무사가 되기 위해 열정적일 때가 있었다. 공장을 다니며 수업을 들었고 실습도 나갔다. 일을 다니니 시간을 조율해 가면서 실습도 빠짐없이 나갔다. 병원 실습은 정형외과와 한방병원에 나가게 되었는데 병원이 어떤 곳인지, 어떤 일을 하는지 좀 더 자세히 살펴보고 체험할 수 있었고 운이 좋아 특별한 경험도 할 수 있었다. 수근관 중후군이라는 손목터널증후군 수술에 참관해서 힘줄을 직접 볼 수 있었고, 장으로 물을 흘려보내서 하는 장 청소를 보며 숙변 구경도 할 수 있었다. 그 외 다양한 시술과 수술을 참관할 기회가 많았는데 그때부터 병원 일에 대한 로망이 커지고 강해졌다. 교육받는 1년이란 시간이 보람되고 알찼으며 내 나름대로 열심을 다 했다. 밤낮없이 열심히 살던 내게 간호조무사 합격은 인생 최고의 선물이 되었다. 나는 이제 12살 먹은 간호조무사가 됐다. 간호조무사를 취득한 지 어느덧 21년째다. 출산과 육아 때문에 공백은 있었지만, 다시 일을 시작한 나는 간호조무사로 조금씩 성장해 나가고 있다. 아직도 더 많이 자라야 하기에 오늘도 병원에서 고군분투 중이다. 나뿐만 아니라, 보이는 곳에서도, 보이지 않는 곳에서도, 나보다 더 수고로운 분들이 많을 것이다. 그럼 나는 묵묵히, 그렇지만 과감히 응원할 것이다!

"언니는 사람들 비위 다 맞춰가면서 어떻게 일하노? 나는 절대 못 한다."

"그게 힘들지가 않다. 이런 게 사명인 건가?"

친정에 갔던 날, 동생이 던진 이 한마디에 나는 이 일이 천직일 수도 있겠다는 생각이 들었다. 말을 하는 것보다 누군가의 이야기에 귀 기울이는 게 더 편하고 좋으며, 누군가에게 도움을 주는 것이 뿌듯하고 값지다고 생각하니까. 독서나 글쓰기처럼 하고 싶은 게 많은 날이나 환자들이 가슴을 찌르는 말들을 쏟아낼 때는 이 일에 회의가 들 때도 있다. 그럼에도 꿋꿋이 이 길을 걸어갈 수 있는 건 좋은 분들이 주는 에너지가 더 강하고 내가 얻는 게 더 많다는 사실 때문에 포기할 수 없게 된다. 마음이 힘들 때도, 몸이 힘들 때도 있지만 그럼에도 불구하고 웃으며 일하고 있는 나를 보면 '이 길이 정작 내가 걸어가야 하는 길인 건가?' 인정하고 받아들이게 된다. '그렇다면 나는 어떤 사람이 되어야 할까? 어찌 살아야 할까?'라는 고민도 함께하게 된다.

어느 날, 한 식당에 들렀다가 이 문구를 만났다.

'만나는 사람마다 네가 모르는 전투를 치르고 있다. 친절해라. 그 어느 때라도.'

이 말은 잔잔히 내 가슴으로 흘러들어와 콕 하고 박혀버렸다. 이 글을 만난 후로는 그 누구에게도 함부로 대할 수가 없었다. 병원 일을 하면서도, 내 인생에 다른 부분에서도 이글만큼은 가슴에 품고 살자며 다짐했다. 나는 어떤 때든, 누구에게든 친절을 베풀려고 노력했다. 그것이 인생을 외롭지 않게 사는 방법이자 정답이라고 생각했다.

간호조무사라는 직업은 의료적으로 큰 성공이나 지위에 오를 수는 없지만, 누군가를 위해 봉사할 마음과 헌신할 자세만큼은 장착되어 있다고 자부할 수 있다. 나는 이 길을 걷는다는 게 자랑스럽다. 내가 이 길을 걸어가는 그날까지 간호조무사로서 최선을 다할 것이다. 최고가 될 수는 없지만,

최선을 다하는 간호조무사로 기억되고 싶다. 나는 오늘도 허락된 나의 자리에서 묵묵히 걸어 나가고 있다.

좋은 사람들과

함께였기에

         하고 싶어서 했던 일은 간호조무사가 처음이었다. 취업 100%를 자랑하던 학교에 가게 된 것도, 대기업이라는 백그라운드를 선택했던 것도 모든 게 돈을 벌기 위해서였다. 모든 선택은 내가 했지만 하고 싶어서, 간절해서 선택했던 건 아니었다. 해야 해서 하는 일 말고 하고 싶어서 했던 일, 내가 처음으로 용기 냈던 일이 바로 간호조무사였다. 이제 와 돌아보니 모든 일은 꼭 필요한 과정이었고, 그 속에서 나는 단단해졌다. 광야에 내버려진 것 같았던 내 삶을 원망하기도 했지만, 시간이 흐르고 나서야 알게 되었다. 고난

이 유익이었다는 사실을. 신은 인간에게 선물을 줄 때 시련이라는 포장지에 싸서 준다고 하질 않나.

간호조무사라는 선물을 받은 나는 누군가를 위하고 돕는 일이 매력적이라고 여겼다. 무작정 간호조무사가 되긴 했지만 나보다 환자가 먼저라는 마음이 컸다. 알량해 보일지 모르지만 작은 사명감 하나만 갖고 이 일에 뛰어들었다. 그러다 보니 환자 대 의료인이 아니라 사람 대 사람으로 대하게 되고, 그러면서 선물보다 값진 사람들을 얻게 되었다.

세상은 혼자 살아갈 수 없는 곳이고 나 아닌 다른 존재들과 연결되어 있다. 그뿐인가? 내 뜻과 상관없이 하루에도 수많은 사람과 부대끼며 살아가야 한다. 복잡하고 어지러운 세상살이지만 그 속에서 발견하게 된 보물이 있다면 그건 단연 사람이었다.

참 많은 인연이 닿았고 스쳤다. 스쳐 지나간 사람은 내 사람이 아니라는 생각에 그냥 보내주기도 했지만 내 마음을 한번 더 챙겨주고 들여다봐 준 사람은 끝까지 곁에 두고 싶었다.

셀 수 없을 만큼 많은 인연이 있었지만, 간호조무사가 되고 만난 첫 병원 직원들과의 인연은 어느 인연보다 귀하고 소중하다. 그들과의 소중한 기억은 굵은 실타래처럼 잔뜩 감겨져 있고 지금까지도 이어져 있다. 지금, 이 순간도 함께 웃고, 울었던 기억들이 잔잔한 울림으로 다가온다.

물리치료실 실장님의 프러포즈를 돕기 위해 차 트렁크에 현수막을 달고 간호사들이 트렁크를 둘러싸고 풍선을 불었던 일, 영덕으로 야유회를 갔다가 새벽 낚시를 나갔는데 지렁이를 무서워하는 사무장님 대신 미끼를 꽂아드렸던 일, 강원도 동강으로 래프팅도 가보고, 보드카라는 술을 처음 맛봤던 일, 기숙사에서 지내던 멤버들(간호사들과 방사선 선생님)끼리 밤마실로 대구 팔공산으로 드라이브 다녀온 일, 동갑내기 간호사 친구가 데이트할 때 데리고 가줘서 처음으로 자동차 극장에 가본일, 간호사들끼리 대구 달성 공원으로 동물 구경 갔던 일, 수술이 밤늦게 끝났을 때 원장님께서 주신 돈으로 야식 시켜 먹던 일, 회식이 끝나면 2차로 늘 볼링장을 데리고 가주셨고, 그래서 볼링장에 처음 가보게 된 일, 간호사들과 15년 이상 꾸준히 연락하면서 간호사 계모임을 결성했던 일 등이 떠오른다. 더 많은 추억이 있지만 고마웠던 기억만큼은 선명하게 새겨져 잊히지 않는다. 시아버지가 돌아가셨던 음력 1월, 이제 막 돌 된 아이를 업고서 장지까지 찾아와 줬던 영이, 배 속에 아이를 잃게 되었을 때 본인의 아픔까지 꺼내서 공감해 주고 위로해 준 장 언니, 내가 바느질 사업을 시작했다니 사줘야 한다고 선뜻 구매해 줬던 란이, 요즘도 SNS로 꾸준히 연락하고 있는 물리치료사 K 선생님과 교수님이 되신 J 실장님, 화장실 변기 레버 끈이 끊어져 물이 안 내려가서 고쳐 달라고 하면 "이런 건 너희가 좀 하면 안 되나?"라고 하시면서 전부 고쳐주셨던 금손 설가이버 S 실장님, 친구처럼 푸근하고 잘 웃어주던 방사선사 석, 연락도 자주 못 드리고 가끔 병원을 찾는 게 전부인데도 찾아와 줘서 고맙다며 늘 용돈을 쥐여주시는 H 원장님 등 나를 살게 하고, 나를 있게 했던 분들과의 추억을 먹으며 오늘도 살아가고 있다. 병원 식구들은 나에게 처음을 선물해 준 게 참 많았다. 처음을 함께 누렸던 사람들이어서 그런지 유난히 기억에 남고 귀하며 소중하다.

'그때가 좋았지'라고 자랑스럽게 이야기할 수 있는 시절이 있다는 게 고맙기도 하다. 여전히 가족 같다. 아니 나에겐 이미 또 다른 가족이다. 그래서일까? 아직도 그들의 경조사를 챙기고 만나며 인연을 이어가고 있다. 사골을 오래 끓이면 뽀얗고 진한 국물이 우러나듯 우리도 오랜 시간을 함께하다 보니 진한 사이가 됐다. 어제도, 오늘도, 내일도 내 기억 속에 남아있을 그 시간에, 그 추억에 감사하며 되새겨본다. 좋은 사람들과 함께였기에 진정으로 행복했다. 앞으로도 그들과 쭉 함께하고 싶다.